U0129727

拍卖第四十九批

[美国]托马斯·品钦————著

胡凌云————译

The Crying of Lot 49

译林出版社

目　录

第一章

一个夏日午后，俄狄帕·玛斯夫人从一个特百惠[1]家庭派对上回了家。女主人在奶酪火锅里也许放了太多的酸樱桃酒，以至于没发现她，俄狄帕，已被指定为一个名叫皮尔斯·印维拉蒂的人的遗产执行人，或者说按她的理解，女遗产执行人。那位加州地产巨子曾在业余时间白扔了两百万美金，但依然留下了足够丰厚的遗产，让清点工作不是一个虚职。俄狄帕站在起居室里，凝视着电视机死绿色的"眼睛"，口中念叨着上帝，只希望一醉方休。但她办不到。她想起马兹特兰的一间旅馆客房，门刚被撞开，似乎这样直到永久，惊起了大堂里的两百只鸟儿；康奈尔大学图书馆外斜坡上的日出，坐在坡上的人们都没见过，因为坡面朝西；巴托克管弦乐队协奏曲第四乐章中一个索然忧郁的调子；一个涂白了的杰·古尔德[2]雕像放在床头一个相对太窄的书架上，她总是止不住担忧它总有一天会砸到

1　美国家居品牌，所生产的气密塑料食品容器系列从20世纪50年代开始成为中产阶级家庭主妇的标配。
2　19世纪美国著名铁路大亨和投机商人。

他们。她想，那或许便是他的死因，在梦中，被宅子里唯一的偶像砸中？这想法只能让她发出无助的大笑。你真混账，俄狄帕，她对自己或是对房间说，而房间早就明白这一点。

那封信是洛杉矶的瓦普·韦斯福·库比切克和麦克明戈斯律师事务所发出的，签名的是一个叫梅兹格的人。信中说皮尔斯在春天去世了，但他们最近才发现遗嘱。梅兹格会担任遗嘱联合执行人，并在任何可能引发的法律诉讼中担任特别顾问。在日期为一年前的附加条款中，俄狄帕也被指定来执行遗嘱。她试图回忆当时有什么不寻常的事件发生。在这个下午的剩余时光中，她到松林中的金纳莱特[1]中心的市场去买意大利乳清奶酪，听听商店里的背景音乐（今天，她来到挂着珠帘的入口时，听到的是韦恩堡18世纪乐团录制的集注版维瓦尔第小笛协奏曲第四小节，博伊德·比瓦领衔独奏）；然后从香草园取来她晒干的墨角兰和甜罗勒，阅读最新一期《科学美国人》中的书评，然后堆叠千层面，给面包抹蒜蓉，撕扯罗曼莴苣叶，最后，启动烤箱，开始调制酸柠威士忌迎接回家的丈夫，文德尔·"马丘"·玛斯，她想了又想，回忆起一大堆看起来多少有些雷同的日子（她难道不是第一个承认这个现象的人吗？），它们就像一副魔术师的扑克，都微妙地指向同一处，受过训练的眼睛立刻就能辨出与众不同的那一张。直到《亨特利和布瑞金利》[2]这节目播了一半，她才想起来去年某天凌晨三点左右接到的一个长

1　此为俄狄帕所居住的小镇的名字。有的美国当代市郊小镇会取一个吸引人的别名。
2　美国全国广播公司在20世纪中叶的新闻节目。

途电话，来自一个她完全不知道的地方（到现在他留下了一本日记），声音带着很重的斯拉夫口音，自称是特兰西瓦尼亚领事馆二秘，正在寻找一只逃跑的吸血蝙蝠；声音变调成了滑稽的美国黑人腔，然后是充满敌意的墨西哥裔黑帮土话，满嘴"我操"和"基佬"；接着是一个盖世太保军官盘问颤抖的她在德国有没有亲属，最后是他的拉蒙特·克兰斯顿[1]的腔调，那个他当初去马兹特兰一路上使用的声音。"求你了，皮尔斯，"她终于能插上一句话，"我想我们已经——"

"但是玛戈[2]，"电话那头依然兴致盎然，"我刚从韦斯顿警察总长那儿来，那个老花花公子是被杀死奎肯布什教授的同一杆吹管枪干掉的。"诸如此类的鬼话。

"看在上帝的面子上。"她说。马丘已经翻过身来注视着她。

"你干吗不挂了？"马丘提出了理智的建议。

"我听见啦。"皮尔斯说。"我想现在是影子对文德尔·玛斯来一次小小拜访的时候了。"接着，一片彻底的死寂降临。那就是她最后一次听见的他的声音。拉蒙特·克兰斯顿。那个电话可能来自任何方向，任何远处。在通话后的几个月里，这个无言的不确定性转换为那些被唤起的记忆：他的面容、身体、他给她的东西，以及那些她不时试图忘记的他的言辞。它占据

---

1 下文提及的20世纪30年代的一系列小说、广播剧和系列电影《影子》中的主要人物"影子"，下文中的韦斯顿和奎肯布什亦出自于此。

2 品钦研究者们认为此处作者笔误。在《影子》中，克兰斯顿的友人和同伴玛戈特·莱恩女士是唯一知道"影子"声音来历的人。

了他的位置，并把他带到了被遗忘的边缘。影子等了一年才拜访。但到来的是梅兹格的信。皮尔斯去年打电话是为了告诉她关于这个附加条款吗？还是说他是后来才决定的，因为她被激怒的态度和马丘的冷淡？她感到被暴露了，被耍弄了，被压制了。她这辈子还没执行过任何遗嘱，不知如何下手，不知该如何告诉洛杉矶的律师事务所自己不知如何下手。

"马丘，宝贝。"她无助地叹道。

马丘·玛斯正好到家，推开纱门。"今天又失败了。"他打开了话匣子。

"听我说。"她也开始了。但还是让马丘先吐为快。

他是个在半岛[1]那一头工作的DJ，经常因为职业遭受良心危机的折磨。"那些东西我一点都不相信，俄狄[2]。"这是他的惯常表述。"我试了，但真的无能为力。"他陷得很深，不是她所能触及的，所以这种时刻常常令她恐慌。也许一直是因为看到她将要失控，他自己才能够恢复理智。

"你太敏感了。"是的，她想说的也很多，但这是脱口而出的一句。无论如何，这是真感触。他曾经当过几年的汽车推销员，极其了解那个职业的工作时间对自己来说是一种极端的折磨。每天早晨马丘要刮三次上唇，三次深入毛孔除掉任何可能冒头的胡须，新刀片都带着血，但他并不停手；购置的都是无垫肩的西服，然后送到裁缝那儿把翻领改得不同寻常地狭窄，

1　加州旧金山和圣何塞地区之间的半岛地带的俗名。
2　俄狄帕的昵称。

头发只用水洒洒，像杰克·莱蒙[1]一样使劲往后梳，去进一步分散他们的注意力。每次看见锯末，甚至铅笔屑，他都会打个哆嗦，因为他的同行用这类东西来封堵有问题的汽车传动。虽然他节制饮食，但每当看见俄狄帕往他的咖啡里加蜜还是无法忍受，因为蜜和一切黏性液体都让他焦虑，让他清晰地想起那些混进机油、偷偷填进活塞和汽缸壁之间的玩意儿。他有一天晚上愤而离开一个聚会，因为有人使用了"奶油泡芙"[2]一词，在他听来带有恶意。派对的主人是位一直在谈论糕点制作技术的匈牙利难民糕点师傅，但你的马丘是个"薄皮"[3]。

但至少他对汽车是有信心的。可能过度了，但怎么能不过度呢？当他看见比他穷的黑人、老墨和白佬一周七日源源而至，开着烂到极致的车来以旧换新：这些车就像是这些人，他们的家庭和他们全部生活的装了发动机的金属扩展版，赤裸裸地等待任何人，像他这样的陌生人，来观察歪扭的车架，生锈的底盘，保险杠重新漆过，虽然颜色只有细微差别，即便没让马丘郁闷，也已经足以导致贬值，车里弥漫着孩子的、超市廉价酒的、两代或者三代吸烟者的或者仅仅是尘土的气息——当这些车辆得到清理时，你不得不面对这些生命的残余物，而且没法确认哪些东西是真的不想要了（他认为属于这一类的极少，因为他担心人们会把大多数东西拿走保存），哪些东西是

1　美国著名电影演员。
2　英语中此词亦指保养良好的二手车。
3　此为双关语，也指对批评过度敏感的人。

被（也许悲剧性地）遗忘在车里：剪下来的承诺能省个五分一毛的优惠券、赠品券、宣传超市特价的粉红色小传单，烟蒂，缺齿梳子，求助广告，电话本上撕下来的黄页，来自旧内裤或是已成为古董的裙子的碎布头，它是用来擦掉挡风玻璃上呼吸导致的水汽，以便让你看见你所能看见的，一部电影，你渴望的一个女人或一辆汽车，一个可能为了练练手而截住你的警察，一切大大小小的玩意儿都有着一致的外观，就像一盘绝望制成的沙拉，浇上灰烬、凝结的废气、尘土和人体排泄物的灰色酱汁——这让他一看就恶心，但他不得不看。如果那完全就是家废车处理厂，他还可能挑挑拣拣，算是个工作：导致每次车祸的暴力对他来说少见而遥远得不可思议，因为每一个死亡，除非它降临到我们头上，都是不可思议的。但以旧换新的无尽祭祀仪式，周复一周，从来没达到暴力或鲜血那个境界，所以对容易受影响的马丘来说实在是因为太过合理而难以接受。即便长期面对无差别的灰色恶心物已经让他具有免疫力，他依然无法接受每个车主、每个影子排队前来，只是为了把那个有划痕的、有故障的自己的版本换成另一个，但依旧是另一个人生活的毫无未来的在汽车上的投射。看起来像是再自然不过的事，但对于马丘来说太恐怖了，是无尽而繁复的乱伦。

俄狄帕不理解他为什么到此时依旧会被烦扰。他娶她时已经在KCUF电台工作了两年，早已远离了那块位于惨淡轰鸣的大动脉上的车行，就像第二次世界大战和朝鲜战争对于年纪大些的丈夫们一样。也许，天保佑，他该去参战，林中的日本鬼子，虎式坦克里的德国佬和夜里吹号的黄种人对他来说也许能比他惶惶不安地待了五年的地方更快被遗忘。五年。当他们满身大汗地醒来或是用噩梦中的语言惊叫时，对，你抱住他们，他们能够镇定下来，有一天他们能够遗忘：她了解这一点。但马丘何时才能遗忘？她怀疑那个DJ职位（这个工作是通过他担任KCUF广告经理的好友拿到的，这位好友每周访问车行一次，车行是电台赞助商）只是让流行金曲二百首，甚至是那些从机器里吱吱打出来的新闻记录——那些满足青少年趣味的虚假梦境——来充当他和车行之间的缓冲区。

他对车行有着太多的信任，而对电台毫无信任。但此刻看着他，在起居室暗淡的灯光中像一只大鸟滑翔着向结着冷凝水的满满一调酒器的烈酒飞去，从他涡环的中央发出微笑，你会觉得一切都非常平和、纯净、安详。

直到他张嘴说话。"今天芬奇，"他边倒酒边说，"把我叫去，想谈谈我的形象，他不喜欢的形象。"芬奇是节目总监，马丘的宿敌。"我现在太色眯眯了。我应该成为的是一个年轻的父亲，一位兄长。这些小妞打电话进来提出各种要求和赤裸裸的欲望，在芬奇听来，这些也在我说的每个字里悸动。所以，如今我必须把所有电话交谈录下来，芬奇会把他认为有害的东西删掉，这意味着我这头无话可说了。检查制度，我告诉他，'告密者'，我嚷嚷着，然后逃跑了。"这样的对抗，他和芬奇每周可能都会有一次。

她把梅兹格的来信递给他看。马丘知道她和皮尔斯之间的一切：在马丘和她结婚一年前，关系就结束了。他读了信，随着一连串逃避的眨眼躲开了。

"我现在怎么办？"她说。

"哦，别问我啊，"马丘说，"你找错人了。我不行。我连咱们的收入所得税表都不会填。执行遗嘱这件事，我可没法指导你。去找罗斯曼。"那是他们的律师。

"马丘。文德尔。我们早完了，在他往遗嘱上写我的名字之前。"

"嗯，嗯，我没别的意思，俄狄。我只是帮不上忙。"

于是她第二天一早便照办了，去找罗斯曼。在化妆镜前花了半个小时，沿着眼皮画了又画，总是在抬手之前画糟了或是抖得厉害。她几乎彻夜未眠，因为凌晨三点时又一个电话打了进来，铃声能把人吓出心脏病，它破空响起，怠倦和尖厉交替着。他俩立刻就醒了，瘫在床上，最初几声铃响时几乎不想看对方。最终，她感觉自己接了也无妨，便拿起了话筒。是希拉瑞斯医生，她的缩头师[1]，或称心理治疗师。但他听起来和皮尔斯假装盖世太保军官差不多。

"我没吵醒你，对吧。"他毫无感情色彩地说。"你听起来吓坏了。药吃得如何？不管用？"

"我不会吃那些药。"她说。

"你感觉受到了它们的威胁？"

---

[1] 临床心理学家、精神科医师和心理治疗师的统一俗称。

"我不知道它们的成分。"

"你不相信它们只是镇静剂。"

"我信任你吗?"她并不信任,而他接下来所说的解释了其中缘由。

"我们还需要一百零四步才能走到桥上。"他干笑着。这桥被称为代布鲁克,是他给实验起的小名,他帮助社区医院测试LSD-25[1]、麦斯卡灵[2]、裸盖菇素[3]和相关药物在大样本的城郊主妇身上的效应。通向内心的桥。"你何时能让我们把你加到我们的日程里?"

"不,"她说,"你还有五十万人可供挑选。现在是凌晨三点。"

"我们需要你。"她床前横空出现了在我们所有邮局前张贴的山姆大叔的著名肖像[4],他的双眼闪着不健康的光芒,他下陷的双颧抹了太多的胭脂,他的手指直指她的眉心。我需要你。她从不敢问希拉瑞斯医生原因,怕他的一切回答。

"我如今正在幻觉之中,我不需要药物来创造它。"

"别向我描述它,"他迅速接上,"好吧。你还有其他什么想说的吗?"

"难道是我给你打的电话吗?"

1　即麦角二乙酰胺,一种致幻剂。
2　一种致幻剂,自然存在于某种仙人掌中,曾被北美印第安人使用,20世纪被人工合成。
3　用真菌制造的致幻剂,相关菌种俗称迷幻蘑菇。
4　指一幅著名的美军征兵海报,以"我需要你"作为大标题。

"我想是这样的，"他说，"我有过这种感觉，不是心灵感应，但有时候和病人亲善是件奇妙的事。"

"但这次不是。"她挂断了电话。接下来她无法入睡。不过假如吃了他给她的药，那就废了。真的废了。她并不想以任何方式上瘾。她以前告诉过他这一点。"那么，"他耸耸肩说，"你对我也不上瘾？那就离开吧。你被治愈了。"

她并未离开。并不是这个缩头师对她施展了某种黑暗的力量，只是留下来更容易些。谁知道她哪天会被治愈？他不知道，这一点他自己都承认了。"药片是不一样的。"她争辩道。希拉瑞斯只是对她做了个鬼脸，一个他以前做过的鬼脸。他最喜欢使用这些偏离正统的开心小动作。他的理论是一张面孔和一个墨迹测验[1]的墨迹一样是对称的，像一个主题统觉测验[2]的图片一样讲述了一个故事，像一个建议词一样激发了一种反应，那么为什么不来一张呢？他宣称曾经用他的37号鬼脸"傅满洲"[3]（很多鬼脸像德国交响曲一样有一个号码和别称）治好了一个癔病者。这鬼脸是用两根食指将眼角向上推得眼睛眯缝起来，用两根中指把鼻孔扯开，把嘴巴扯宽，露出舌头，希拉瑞斯扮起来真是非常吓人。事实上，当俄狄帕的山姆大叔幻觉消退之后，取而代之的正是这个傅满洲的面孔，在黎明来临前的几个小时中一直陪伴着她。它让她完全无力收拾心绪去见罗斯曼。

1 　一种人格测验的投射技术。
2 　一种心理学的投射测验。
3 　英国推理小说作家萨克斯·罗默创作的傅满洲系列小说中的虚构人物。

但罗斯曼也度过了一个不眠夜，在前夜郁闷地看完了佩瑞·马森的电视节目[1]，那是妻子喜欢的，但罗斯曼自己对它的感觉却是激烈矛盾的，既非常想当一位像佩瑞·马森那样成功的辩护律师，但因为这并不可能，所以又同时想通过贬低佩瑞·马森来摧毁他。俄狄帕进门时看到她所信任的家庭律师正在带着急急的负罪感把一沓尺寸、色彩各异的纸塞进一个写字台抽屉时，不免感到几分惊讶。她知道那是《起诉佩瑞·马森，一份并不那么虚构的起诉书》的初稿，他自从电视节目开播以来一直都在写作之中。

"在我印象里，你看起来从来没有这么感到负罪过。"俄狄帕说道。他们经常去同一个群体理疗班，结伴开车去的还包括一位来自帕罗阿图[2]、认为自己是个排球的摄影师。"这是个好兆头，不是吗？"

"你没准是佩瑞·马森派来的侦探。"罗斯曼说。思考片刻后他又接上了一串"哈，哈"。

"哈，哈。"俄狄帕回应道。他们望着彼此。"我得执行一份遗嘱。"她说。

"哦，那就执行吧。"罗斯曼说。"别为我耽搁。"

"不。"俄狄帕说着，道出了一切。

"他为何这么做？"罗斯曼读了信之后很迷惑。

"你是说死掉？"

---

1 指美国哥伦比亚广播公司在20世纪50年代后期至60年代初期播出的法律剧。
2 位于旧金山和圣何塞之间的城市。

"不是，"罗斯曼说，"是点名让你来帮助执行。"

"他这个人没法预料。"二人共进午餐。罗斯曼试图在桌子底下用脚挑逗她。她穿着高筒靴，感觉不到什么。所以，既然屏蔽良好，她决定不大惊小怪。

"和我私奔吧。"咖啡端上来时，罗斯曼说。

"去哪儿？"她问。他立刻就哑巴了。

回到办公室之后，他简单列出了她需要办理的事项：仔细研究账目和产业、通过遗嘱认证、收取所有债务、清点资产、拿到房地产评估、决定清算和保留、清偿债务、了解税务、分配遗产……

"嘿，"俄狄帕说，"我就不能找个人来帮我打理吗？"

"我，"罗斯曼说，"我干其中一部分，没问题。但你连兴趣都没有？"

"对什么的兴趣？"

"对你可能会发现的秘密的兴趣。"

随着事态的发展，她会拥有各种各样的启示。并不是关于皮尔斯·印维拉蒂或者她自己的，而是关于一些遗留的、但此前没有介入的事物。有那么一种缓冲和隔离的感觉，让她感到强度的缺乏，就像是看一场电影，稍微感到有那么一点失焦，而放映员拒绝修正，而且温和地把她诱入了一个好奇的、长发公主[1]式的郁沉姑娘的角色。魔术般地，她被困在金纳莱特的

---

1 格林童话中人物。

松林和咸雾中。寻找着人能说出，喂，放下你的头发[1]。当发现是皮尔斯时，她快乐地拔出发针并取下发卷，头发沙沙响着如一次纤巧的雪崩般滑落，只是当皮尔斯才爬了一半时，她可爱的头发被某种邪恶的魔法变成了一副巨大的没挂住的假发，他一屁股跌坐在地上。但他依然胆大包天，也许是从他那一大沓信用卡中抽出一张捅开了她塔楼的门，走上了海螺般的阶梯，如果他真正诡计多端的话起先就爬上来了。但他们之间的一切从未逃脱过那座塔的限制。在墨西哥城，他们不经意间逛进了美丽的西班牙流放者雷美迪奥斯·瓦罗[2]的画展：在名为"博丹多·艾尔·曼托·特雷斯特里"的三联画的中央一幅中，是很多位有着心型面孔、巨大眼睛和金丝秀发的纤弱姑娘，被关在一座圆塔顶部的屋子里，绣制着一条滑出狭缝窗的挂毯，进入虚空，毫无希望地想要填满虚空：因为大地上所有的其他建筑、生灵，所有的浪涛、船只和森林都包含在这幅挂毯中，挂毯就是世界。俄狄帕，很任性，站在画作前就哭。没有人留意到：她戴着暗绿色的泡泡形太阳镜。她曾经有一阵觉得罩在眼眶周围的镜框足够水密，能够让流出的眼泪注满镜片后面的空间而绝不干涸。她能以那样的方式永远带着她那一刻的伤悲，透过那些眼泪来观察一个被折射的世界，透过那些特别的眼泪，就好像哭泣和哭泣之间有着未知但却重要的不同指数。她曾经低

1　长发公主的故事中巫婆对长发公主说的话。只有让公主垂下长发，巫婆才能顺头发爬上囚禁公主的高塔。

2　20世纪西班牙画家。

头俯视双足，因为这么一幅画作她明白了她所站立之处是在几千里外她自己的高塔中刚刚编织出来的，并且碰巧了解到它叫墨西哥，所以说皮尔斯并未带她逃离任何事物，私奔并未发生。她究竟希望逃离什么？这样一位被困的女士，有着足够的时间去思考，很快便意识到她的高塔，它的高度和建筑式样，碰巧与她的自我意识相似，而把她保留在那儿的其实是魔力，它匿名而恶意，从外界观察她，不带任何缘由。因为除了发自内心的恐惧和女性特有的狡猾之外并没有其他机能去考察这种无形的魔力，去了解它的机理，测量它的场强，计算它的力线，她也许会回归迷信，或是捡起一种有用的爱好诸如刺绣，或者变疯，或者嫁给一个DJ。如果高塔到处都是，而前来解救的骑士没有能够战胜其魔力的证据，那还能怎么办？

第二章

　　于是她离开了金纳莱特，全然不知自己会遇上什么新鲜事。当她说要去圣纳西索一段时间以查阅皮尔斯的卷宗并和梅兹格商议时，马丘·玛斯双手插兜站着，神秘地用口哨吹着《我想吻你的双足》，变态狂和大众车乐队（一支他那时欣赏但并不崇拜的英国乐队）的一首新作。马丘因为她要走而感伤，但并不绝望，所以她告诉他假如希拉瑞斯博士打来电话就挂断，和照料花园里染上某种奇怪霉菌的牛至后，就上路了。

　　圣纳西索位于更南方，靠近洛杉矶。就像加州许多被取了名的去处一样，与其说它是座有特征的城市，不如说它是一组概念的集合——人口统计区、特别债券区、购物核心区，都铺设了通向市区高速的辅路。但它曾是皮尔斯的老窝和总部：这是他十年前开始投资地产的起点，押下的资本是后来建起的杂乱怪诞却都指向天空的那一切的基石；而她觉得这一点就能令它引人注目，给它罩上光环。但要说它和南加州其余地方有何本质区别，第一眼是看不出的。在一个周日，她驾着租来的"羚羊"牌驶入了圣纳西索。全城一片沉寂。她顺着一条坡道向下望去，在阳光中不由得眯起眼，目光所及是如同精心照料的庄稼般在暗棕色土地上一起成长的大片住宅群；她此刻想起那次拆开晶体管收音机换电池，生平头一回看见印刷电路板的情形。从这高处俯瞰，住宅和街道的有序漩流此刻正扑面而来，带着和印刷电路板一样的始料不及的令人惊讶的清晰度。虽然她对收音机的了解比对南加州人更少，两者都凸显着一种象形文字般的隐义，一种想要交流的意图。看起来印刷电路板原本试图告诉她的（假如她曾经想要知道的话）并没有任何限度，所以在抵达圣纳西索的第一刻，一种启示录般的感觉仅仅是轻微浮现在她的理解阈值之上。烟霞笼罩四野，太阳在明亮的米色乡间上空感到痛苦；她和座驾似乎停在了一个古怪的、宗教般的瞬间的中央。似乎是从另一个频段，或是从一些转得如此之慢以至于她被烤热的皮肤全然没有感到流动凉意的旋风的中央，传来了话语。她觉得确实如此。她想到马丘，她的丈夫，如何去试图信仰自己的工作。这工作是否真的是他透过隔音玻璃望着耳机箍住脑袋的同事用与圣人安放圣油、香炉和圣杯相似的动作播放下一张唱片，并且精心调整人声、各种人声、音乐及其传达的讯息，和所有信众一同被它环绕并感知它时所体验的那样；马丘是否曾经站在A演播室外像这样朝室内张望，明白即便自己能听见它，依然不愿去信仰它？

　　她此时放弃了，似乎是因为云朵蔽日或者烟霞增厚，"宗教般的瞬间"，不管它是何物，被打破了；启动引擎并以七十英里左右的时速在歌唱的柏油大道上行进，驶上一条她认为是通向洛杉矶的高速公路，进入一片差不多只有路权用地大小的狭长建筑区，两旁排列着汽车商行、信托公司、快餐店，还有门牌从七十多号跳到八万多号的小型办公楼和工厂。她从来不知道门牌号能排到这么高。看起来不自然。在她左侧出现了一群散落的宽大粉色建筑，绵延着，被数英里长的铁丝网镶顶的栅栏包围，不时安插一个岗楼；随即有一个入口迅速划过，两侧各竖着一枚六十英尺高的导弹，两个鼻锥上很传统地漆着YOYODYNE这个名字。这是圣纳西索最大的雇主，航天工业巨子之一"悠游达因"公司的银河电子部。皮尔斯拥有该公司的大量股份，并且介入了当初为将悠游达因落户此地而与本县税收官进行的谈判，这是她碰巧知道的。这是作为创始人的一部分工作，他解释说。

铁丝网又一次让位于更多米色外表的预制件构筑的办公设备批发商店、密封剂制造厂、液化气灌装站、紧固件制造厂、仓库，如此这般。周日将它们送入沉寂和瘫痪，除了一两家房地产中介或是长途货车休息站。俄狄帕主意已定，驶进了下一家路过的汽车旅馆，虽然它外貌丑陋，但比起速度、自由、拂动头发的风和不断展开的景观组成的幻觉，其静止状态和四面大墙从某个角度更吸引她——它不是幻觉。在她的遐想中，公路的真实样子是一根皮下注射的针头，在前方某处插入了高速公路的静脉，一条向接受注射的洛杉矶输送营养的静脉，让它欢乐、连贯、免于痛苦或是对于城市来说等同于痛苦的一切。但即便俄狄帕是一粒融化的海洛因晶体，·洛杉矶，说真的，也不会因为她的缺席而减少一丝兴奋。

不过，当她端详这座旅馆时，还是踌躇了片刻。一个用上了漆的金属薄板制成的仙女招牌高达三十英尺，"她"手持白花，直插天空；即便在阳光下，招牌依然亮着灯，上书"回声庭院"。仙女的面容和俄狄帕相仿，但让她更震惊的是一个隐蔽的鼓风机系统，它不断撩拨仙女的纱裙，每次都露出乳头鲜红的巨乳和粉红色长腿。她挂着抹了口红的礼仪式笑容，不像站街女，但更不像任何为爱憔悴的仙女。俄狄帕驶进停车场，走下车，在炎热的日光和死寂的空气中伫立片刻，望着人造狂风在头顶把"仙女"的纱裙扬出五尺开外。她记起关于缓慢旋风的想法，还有她听不见的那些话语。

她的房间应该可以满足必须逗留的这段时光。房门对着一个狭长庭院，院内有个游泳池，那天水平如镜，闪着阳光的金辉。远端立着一座喷泉和另一位仙女。万籁俱寂。如果其他门后面有人住着，透过每个都配着轰鸣空调的窗口观望，她是看不见他们的。经理是一个叫做迈尔斯的辍学青年，大概十六岁的样子，留着披头士发型，穿着一件无领无袖的单扣马海毛西服，帮她提着包，对自己，或许是对她，唱着歌：

迈尔斯之歌

> 胖得跳不动扭摆舞[1]，

1　扭摆舞和下文的游泳舞都是美国19世纪60年代兴盛的新舞种。

那是你一直告诉我的，

你总想给我羞辱，但是我很酷，

那么还是闭上你的肥嘴，对，宝贝，

我可能胖得跳不动扭摆舞，但还没瘦得跳不动游泳舞

"可爱的歌，"俄狄帕说，"但你为什么用英国口音来唱，既然你说话没口音？"

"是因为我所在的乐队，"迈尔斯解释道，"妄想狂乐队。我们刚出道。我们的经纪人说我们应该那么唱。我们看了很多英国电影，就为了学口音。"

"我丈夫是个DJ，"俄狄帕想让自己有所助益，"那只是个功率一千瓦的小电台，但假如你有样带之类的，我可以让他播放一下。"迈尔斯关上他们身后的门，眯缝着眼睛开始了。"用什么做回报呢？"他开始打她的主意。"你想要我觉得你想要的？贿赂[1]小子在这儿，你懂的。"俄狄帕抓起离手头最近的武器，碰巧是屋角电视机的兔耳形天线。"呃，"迈尔斯说着，停下了，"你也讨厌我。"透过前刘海的双眼闪亮着。

"你确实是个妄想狂。"俄狄帕说。"我有一个光滑年轻的身体，"迈尔斯说，"我想你们这些老女人应该喜欢。"他在讨到帮助提行李的五毛小费后离开了。

---

1 此处的贿赂特指电台DJ以推广为目的在节目中播放特定唱片并收取的回扣，是美国流行音乐史中的重要现象，因为经常是私下交易而被视为违法。

19

当晚，律师梅兹格出现了。他的面目竟然如此俊俏，俄狄帕一度以为冥冥中有人要捉弄她。应该是个演员。他站在她门前，身后修长的泳池在夜空温和的漫光下静静闪亮，他口中说道，"玛斯太太"，就像在表达他的失望。他巨大的眼睛画了夸张的眼线，闪着光亮，对她狡黠地微笑着；她向他身后张望，寻找着反光板、麦克风、摄像机电缆，但门外只有他和一瓶雅致的法国博若莱葡萄酒，他说是他去年偷运进加州的，这个任性的犯法者，绕过了边界守卫。

"那么，"他低语道，"为了找你搜了一天的汽车旅馆，我现在总可以进去了吧，行吗？"

俄狄帕本来打算这一晚只在电视上看看《富矿带》[1]。她已经换上了紧身牛仔裤和一件蓬松的黑色套头衫，头发披散下来。她知道自己看上去很不错。"进来吧，"她说，"但我只有一只酒杯。"

"我，"豪爽的梅兹格对她说，"可以对瓶吹。"他进了屋，穿着西服坐在地上。开瓶给她斟了一杯，开始说话。其实俄狄帕关于来者是个演员的想象并不算太离谱。二十多年前，梅兹格曾是那些儿童影星中的一个，以伊格尔宝宝的化名拍片。"我的母亲，"他痛苦地声称，"真实不遗余力地清洁[2]我，天哪，就像是水池里的一块牛肉，她想把我放干血、变白。有很多次我都在想象，"他边说边摩挲脑后的头发，"假如她成功了

1　美国全国广播公司在1959年至1973年间播出的西部电视剧。
2　原著使用了犹太教准备食品专用词，指将牛肉放血。

的话又会如何。这把我吓坏了。你知道那样的母亲想把她们的男孩子们塑造成什么。"

"你看起来肯定不……"俄狄帕说了半句便改了主意。

梅兹格对她咧嘴露出成排牙齿，"外表不再能说明什么了，"他说，"我在自己的外表里活着，而我自己从来都没确定过自己。那种可能性一直困扰着我。"

"那么，"俄狄帕询问，明白了这一切都是说辞，"那种看待问题的方式在多少情况下有效呢，伊格尔宝宝？"

"你知道吗，"梅兹格说，"印维拉蒂只有一次对我提起过你。""你们熟吗？""不熟。我起草了他的遗嘱。你不想知道他是怎么说你的吗？"

"不想。"俄狄帕说完便打开了电视机。屏幕上展现出一个性别不确定的孩子形象，它赤裸的双腿别扭地挤在一起，披肩的鬈发和一只圣伯尔纳狗的短毛混在一起，俄狄帕看着狗的长舌开始舔孩子红色的面庞，令孩子恳求般地皱起鼻子说："啊，穆瑞，赶紧停下来，你把我都弄湿了。"

"这就是我，这就是我，"梅兹格盯着屏幕叫起来，"老天爷啊。"

"哪个人是你？"俄狄帕问。"这部电影叫作，"梅兹格打了个响指，"《撤职》。"

"是关于你和你母亲的。""是关于这个孩子和他父亲的，这位父亲因为怯懦而被踢出了英国陆军，虽然说白了是代友受过，然后，为了自我救赎，他和孩子尾随服过役的军团到了加里波利[1]，在那儿，这位父亲不知怎么就造出了一艘微型潜艇，每周，父亲、儿子和圣伯尔纳狗都潜过达达尼尔海峡进入马尔马拉海，用鱼雷攻击土耳其商船。狗担任潜望镜观察员，一旦发现什么便吠叫起来。"

"你在开玩笑吧。"俄狄帕边斟酒边说。

"听，听，这是我在唱。"非常确定地，孩子、狗，还有一位不知道从哪儿冒出来的带着齐特琴的和善的希腊老渔夫，都坐在十二群岛[2]海岸落日的预制片段[3]前，孩子唱了起来。

伊格尔宝宝之歌

与匈奴[4]和突厥人[5]

作战，我们从未畏缩，

我的爸爸，我的狗狗还有我。

度过艰难岁月，就像三个火枪手，

我们会继续并肩。

当我们再次充满希望地出航，

1　土耳其地名，第一次世界大战期间以英国、新西兰和澳大利亚军队为主力的协约国军队曾在此与奥斯曼土耳其军队作战，目的是闯入达达尼尔海峡并最终占领伊斯坦布尔。
2　希腊东南爱琴海中的一系列岛屿。
3　在某些电影摄制过程中，演员会被安排在投影了预先拍好的外景片段的大幕前表演，这些片段被称为预制片段。
4　英国在第一次世界大战期间用匈奴一词指代德国人。
5　此处指土耳其人。

我们潜艇的潜望镜不久便会瞄准君士坦丁堡；

再次向缺口冲锋[1]，为了沙滩上的战友[2]

只有我的爸爸，我的狗狗还有我。

接着是渔夫和他的乐器主奏的一个音乐桥段，然后年幼的梅兹格开始高唱，而他年长的翻版不顾俄狄帕的抗议，唱起了和声。

这一切都是他策划的，俄狄帕突然想到，或者是他买通了当地电视台的工程师来播放这个片子，这一切都是一个阴谋，一个精心策划的、用来诱惑她的阴谋。唉，梅兹格。"你没跟着一起唱。"他评论道。"我不知道该怎么唱。"俄狄帕微笑道。接着是一个吵闹的广告，说的是梵哥索泻湖，此处西边的一处新开发的房地产。

"印维拉蒂的产业之一。"梅兹格解释道。它将会被运河上建的私家汽艇码头点缀，还有一个漂浮在人工湖中央的社交大厅，湖底卧着从巴哈马群岛进口的修复好的大帆船；来自加纳利群岛的亚特兰蒂斯的柱子和雕饰碎片；来自意大利的真人骨架；来自印度尼西亚的巨蛤——都是为了讨潜水爱好者的欢心。屏幕上闪了一下这地方的地图，俄狄帕猛吸一口气，梅兹格还以为她要瞧一眼。但她只是记起了今天中午向山下望去的景象。某种紧迫感又重现了，某种显圣的承诺：印刷电路板、慢慢拐弯的街道、通往水面的私家码头、《亡者之书》……

1　此处用了莎士比亚《亨利五世》中鼓舞士气的原句。
2　在加里波利战役中，协约国军队被长期压制在滩头阵地，最终撤退。

她还没准备好，《撤职》又继续播放了。这艘以这个家庭过世的母亲的名字命名的"贾丝汀"号微型潜艇泊在码头，刚刚全部解缆。一小群人来为它送行，其中包括老渔夫和他的女儿，一位长腿鬈发的性感少女，如果这片子有个好结局，她应该会和梅兹格结为伴侣；还有一位体形优美的英国传教护士，应该和梅兹格之父是一对，甚至有一只母牧羊犬盯上了圣伯尔纳狗穆瑞。

"哦，耶，"梅兹格说，"这是我们在海峡里遇险的那一段。很难，因为有克普亥兹[1]水雷阵，而且德国佬放下了防潜网，这面巨网是用直径两英寸半的缆线编织的。"

俄狄帕把自己的杯子斟满。他们现在歪躺着看屏幕，身体轻轻触碰。电视里传来巨大的爆炸声。"水雷！"梅兹格叫道，捂住脑袋从她身边滚开。"爸爸，"电视里的梅兹格啜泣道，"我害怕。" 微型潜艇内部一片混乱，狗来回奔窜，飞溅的唾沫和水密隔舱泄漏喷出的水混在一处，父亲正在忙着用自己的衬衫堵漏。"我们可以做的，"父亲宣布道，"是潜到海底，从网下面绕过去。"

"很荒谬，"梅兹格说，"他们在网上开了道门，这样德国潜艇可以通过，来攻击英国舰队。我们所有的E级潜艇都干脆去用那道门了。"

"你是怎么知道的？"

1　土耳其地名，位于加里波利西南方向的达达尼尔海峡中。

"我不是在场吗？"

"不过……"俄狄帕正要继续，忽然明白酒为何这么快就喝完了。

"啊哈，"梅兹格说着从大衣内兜取出一瓶龙舌兰酒。

"没有柠檬？"她问道，带着电影中的活泼。"没有盐？"

"那些都是哄旅游者的。当你们去那儿[1]的时候，印维拉蒂用柠檬了吗？"

"你是怎么知道我们去过那儿的？"她看着他斟满她的杯子，反梅兹格的情绪随着酒面一同上升。

"他那年把旅行开销划进了商业开支。他的税是我帮他报的。"

"现金关系。"俄狄帕不安地说。"你和佩瑞·马森，两个都是一路货色，你们就知道这些，你们这些讼棍。"

"但我们的才华，"梅兹格解释道，"正是绕圈子的特长。法庭上的律师，在任何陪审团面前，都会变成一个演员，不对吗？雷蒙德·布尔是个演员，扮演一位律师，而这位律师在陪审团前面变成了一个演员。我，我是个当上了律师的前演员。他们已经做了一个电视剧的试播版，事实上，是松散地基于我的职业生涯编造的，主演是我的朋友曼尼·迪·普莱索，他曾经也是个律师，从事务所辞职变成了演员。他在试播版里扮演我，一个变成了演员的律师周期性地变回演员。片子放在一

---

[1] 此处指墨西哥。在墨西哥传统中，龙舌兰酒是直接饮用的，与柠檬和盐搭配的方式盛行于其他国家。

家好莱坞影棚的恒温贮藏室里，光线没法让它变质，它能播了再播。"

"你有麻烦了。"俄狄帕告诉他，同时盯着电视，感觉到他大腿的温暖穿透了他的西裤和她的外裤。就在这时——

"土耳其人在上面使用探照灯。"他说着，又斟了更多的龙舌兰酒，看着小潜艇慢慢上浮。"巡逻艇，和机关枪。你想猜猜接下来会发生什么吗？"

"当然不想，"俄狄帕说，"电影早拍好了。"

他只以微笑作答。

"你那些无尽地重播的东西中的一个。"

"但你还是不知道，"梅兹格说，"你还没看过这片子。"插播广告的时间到了，是一个宣传贝肯斯菲尔德香烟的声音震耳欲聋的广告，此烟吸引人之处在于滤嘴使用了骨炭，最好的材料。

"什么的骨头？"俄狄帕感到好奇。

"印维拉蒂知道。他拥有滤嘴产业的百分之五十一的所有权。"

"告诉我。"

"以后吧。现在是你打赌的最后机会。他们能逃脱，还是不能？"

她感觉到自己醉了。她自然而然地，没有理由地觉得，这勇敢的三个伙伴可能根本逃不出去。她没法猜测片子有多长。她看看表，但表停了。"真荒谬，"她说，"他们当然能逃脱。"

"你怎么知道的？"

"所有那些电影都是圆满结局。"

"所有？"

"大部分。"

"这降低了可能性。"他俏皮地告诉她。

她透过杯子眯眼看着他。"那就告诉我赔率。"

"赔率会暴露答案。"

"那么，"她嚷嚷道，也许是有些烦了，"我拿瓶酒打赌。龙舌兰酒，如何？赌你们没活下来。"她感觉到这些言词是从自己口中被榨取出来的。

"赌我没活下来。"他沉吟道。"今晚再来一瓶你可就睡着了，"他下了决心，"不干。"

"那你想赌什么？"她其实知道答案。他们顽固地盯着对方的双眼大概有五分钟。她听见电视机扬声器中广告一个接着一个放出来。她的愤怒越积越多，也许是因为喝多了，也许只是等电影等烦了。

"那好吧，"她最终让步了，试着用一种冷淡的声音说道，"赌了。你爱赌什么就赌什么。赌你没活下来。赌你们都在达达尼尔海峡底下变成了喂鱼的腐尸，你的爸爸、你的狗狗，还有你。"

"可以接受。"梅兹格慢吞吞地说着，抓住她的手，似乎是要握手表示成交，但却吻了掌心，用干燥的舌尖短促地舔了舔她的命运线，那些象征她身份的没有变化的咸咸的线条。她想这是不是和死人皮尔斯第一次上床时发生的一样。但就在这时，电影又开播了。

那位父亲蜷缩在安扎克[1]滩头险峻峭壁中的一个弹坑里，周围是土耳其人四处乱飞的弹片。伊格尔宝宝和穆瑞狗都不知去向。"怎么成了这个鬼样子？"俄狄帕问。

"天哪，"梅兹格说，"他们一定是把片匣搞混了。"

"这个情节是之前还是之后？"她边问边伸手去取龙舌兰酒瓶，这个动作把她的左乳房置于梅兹格的鼻子前面。一贯滑稽的梅兹格在回答前做了个对眼，"那就剧透了。"

"快说，"她用她加了垫子的胸罩蹭了蹭他的鼻子，把酒斟上，"要不就不赌了。"

"就是不说。"梅兹格说。

"那起码告诉我这是不是他当年的老军团。"

"问吧，"梅兹格说，"可以提问。但每得到一个回答，你就得脱一件衣服。我们管这叫作'波提切利脱衣'。"

俄狄帕想出一个绝妙主意。"行，"她告诉他，"但我得先快快地去一趟卫生间。闭上眼睛，转过身去，别偷看。"屏幕上，一艘叫"克莱德"号的运煤船运载着两千士兵，于一片神秘的沉寂中在赛德-艾-巴尔[2]登陆。"我们到了，伙计们。"一个假模假式的英国口音悄悄地说。突然，岸上土耳其人的步枪

1　地名，土耳其加里波利半岛上一地，第一次世界大战战场之一。
2　土耳其加里波利半岛处地名，位于半岛顶端，第一次世界大战中，由运煤船改装的英军登陆舰"克莱德"号在此登陆并被伏击。

同时开火，大屠杀开始了。

"我知道这部分，"梅兹格告诉她，双眼紧闭，头从电视机方向扭开，"岸边有五十码的水面都被血染红了。这个他们没拍。"俄狄帕溜进内置了一个步入式壁橱的卫生间，迅速脱掉衣服，然后开始把带来的衣物尽数穿上：六条颜色各异的内裤、紧身褡、三双尼龙袜、三件胸罩、两条弹力裤、四条短裙、一条黑色紧身裙、两条连衣裙、半打A字裙、三件套头衫、两件宽松上衣、绗棉睡衣、浅蓝色睡衣和旧的猎户座宽松裙。接着是手镯、小胸针、耳环、挂件。她仿佛是花了几个小时才穿戴完毕，结束时几乎走不动。她犯了个错误，向落地镜子里望了一眼自己，看见一个长着两只脚的"沙滩球"，笑得如此猛烈以至于摔了一跤，和洗手池上的一罐定型发胶一起倒了。罐子触地时摔破了，随着巨大的泄压，罐内物质雾化，推动罐子在洗手间里四处乱飞。梅兹格赶进来，在弥漫而黏稠的芳香气雾中发现俄狄帕在地上滚来滚去试图站起来。"啊，老天爷啊!"他用伊格尔宝宝的腔调说。罐子发着恶意的嘶嘶声在马桶上弹起来，从梅兹格右耳边呼啸而过，只差四分之一英寸。梅兹格赶紧卧倒，和俄狄帕一起蜷缩着，而罐子继续高速弹跳着；另一间屋里传来了海军炮火掩护时机关枪、榴弹炮和轻武器开火的缓慢而深沉的渐强音，混着垂死士兵的尖叫和被截断的祈祷声。她的视线越过他的眼睑，向上望着显眼的顶灯，视野被狂野炫目地飞行着的罐子切割着，它的压力似乎不会耗尽。她被吓坏了，但可能也不能算是清醒。她感觉到，罐子知道自己要往哪儿飞，或者是某个足够高速的事物，也许是上帝或者一台数字机器，已经提前为它计算好了飞行的复杂路线；但她没有那么快的反应，只知道它以每小时一百英里的速度随意撞击着，随时可能会撞上他们。"梅兹格，"她哀叫着，牙齿透过斜纹呢咬进他的上臂里。一切闻起来都是定型发胶的气味。罐子撞上了一面镜子又弹开，留下一朵网状的玻璃花，但只盛开了一秒钟便是碎片哗啦啦全部落进洗手池里，然后它又冲向屋里的淋浴间，撞毁了一块磨砂玻璃，接着紧贴三面瓷砖墙向上直到天花板擦过电灯，在它自己的啸声和电视里喧闹失真的轰鸣中，从两个卧倒的人体上空飞过。俄狄帕本以为这一切会没完没了地进行下去，但罐子确实在这一刻放弃了空中飞行，跌到地上，离她的鼻子一尺来远。她躺着观望它。

"哎哟，"这时有人说，"酷啊。"俄狄帕松开咬着梅兹格的牙齿，四下环顾，看见在门里站着迈尔斯，那个留着前刘海、穿着马海毛西服的小青年，但他如今增殖变成了四个人。看起来像是他提到的那支乐队，妄想狂。她分不清他们，他们中有三个人拿着电吉他，所有人的嘴都张着。出现的还有很多姑娘的脸，透过四人的腋窝和膝弯朝这边张望。"这真变态。"其中一个姑娘说。

"你们是从伦敦来的吗？"另一个姑娘很好奇。"你们玩的是伦敦流行的吗？"发胶像雾气一样在空中悬浮着，满地都是闪亮的碎玻璃。

"上帝爱鸭子[1]。"一个拿着旅馆总钥匙的男孩总结说。俄狄帕觉得他是迈尔斯。为了给她们取乐，他带着敬意开始描述上周他参加的一场冲浪者性派对，其中包括五加仑罐装的肾区板油[2]、一辆带天窗的小轿车和一只受过训练的海豹。

"相比之下这儿都没什么看头，"俄狄帕说着，终于成功地翻转身体，"那么你们何不，嗯，出去呢？唱唱歌。这一切必须要有情调的音乐伴奏。给我们来支小夜曲。"

"也许以后吧。"妄想狂中的另一位羞涩地邀请道，"你们可以到游泳池来找我们玩。"

"就看这儿会有多热了，伙计。"俄狄帕快活地眨眨眼。在把另一间屋子的所有插座插上延伸线并把电线集成一捆从一扇窗的窗口引出去之后，孩子们鱼贯离开了。

梅兹格帮她站了起来。"有人要参加波提切利脱衣吗？"在另一间屋子里，电视正在喧闹着播出一处土耳其浴室的广告，它位于纳西索市中心，不管市中心在哪儿，店名叫"霍根的后宫"。"这家店也是印维拉蒂的，"梅兹格说，"你知道吗？"

"虐待狂！"俄狄帕叫道，"你再多说一遍，我就会把电视机砸到你脑袋上。"

"你真够疯的。"他微笑道。

她其实没有。她说："到底还有什么不是他的？"

梅兹格对他耸起眉头。"这得你来告诉我。"

---

1 源于英国的俗语，表示无言以对的惊叹。

2 牛或羊的油脂主要位于肾脏附近，因此得名。

即便她想说也没机会了，因为屋外突然涌进一阵令人战栗的厚重的吉他和弦的"洪水"，妄想狂乐队突然开演了。他们的鼓手把鼓放在摇摇欲坠的跳板上，其他人则藏了起来。梅兹格走近她身后，想要把双手罩在她的乳房上，但因为她衣服太多而一时找不到它们。两人站在窗边听到了妄想狂的演唱。

小夜曲

我卧看明月

在孤独的海上，

看它拖曳孤独的潮汐

像一个安慰者出现在我上方，

这静止而没有面目的月亮

用白日的幽灵

在今夜注满沙滩，

身影灰暗，而月光皎洁。

今夜你也独自静卧，和我一样；

寂寞的姑娘独守空房，啊，那就是我想去的方向，

快停止你孤寂的哭泣。

我如何才能去到你身边，熄灭月亮，令潮汐退让？

夜晚已变得如此暗淡，我会迷失方向，而内心一片黑暗。

不，我必须独自静卧，

直至时机来访；

直至它占领天空、沙滩、月亮和孤独的海。

和孤独的海……如此这般。【淡出】

"好吧。"俄狄帕愉快地打了个哆嗦。

"第一个问题。"梅兹格提醒她。圣伯纳狗在电视里叫着。俄狄帕瞄了一眼，只见伊格尔宝宝扮作一个土耳其少年乞丐，带着狗在她认为是君士坦丁堡的布景前鬼鬼祟祟地走动。

"又一个之前的片段。"她充满信心地说。

"我不准你问这个问题。"梅兹格说。在门槛上，妄想狂们放了五分之一加仑装的杰克丹尼尔威士忌，就像我们留下牛奶来取悦矮精灵[1]一样。

"哈，"俄狄帕说，她给自己斟上一杯酒，"伊格尔宝宝是乘坐潜水艇'贾斯汀'到达君士坦丁堡的吗？"

"不是，"梅兹格说。俄狄帕摘下了一只耳环后又问："他是乘坐，嗯，你们管那叫什么，E级潜艇到达的吗？"

"不是。"梅兹格说。俄狄帕摘下了另一只耳环。

"他是从陆上到达的？也许是从小亚细亚？"

"可能吧。"梅兹格说。俄狄帕又摘下一只耳环。

"又一只耳环？"梅兹格说。"如果我回答这个问题，你会脱件衣服吗？""我不需要回答就会脱。"梅兹格吼叫着，把自己的大衣剥了下来。俄狄帕把自己的酒满上，梅兹格对着瓶子

1　爱尔兰传说中著名的精灵。

又嘬了一口。俄狄帕坐着看了五分钟的电视，忘记了自己应该提问。梅兹格急不可耐地把长裤脱了。此时正演到那位父亲似乎上了军事法庭。

"那么，"她说，"这确实是之前的片段。这是他被撤职的地方，哈，哈。"

"可能只是个闪回，"梅兹格说，"或者他被审了两次。"俄狄帕摘下了一只手镯。如此这般：电视上继续放着电影的片段，不断的脱衣似乎并没有让她变得稍微有那么一点赤裸，喝酒，窗外游泳池畔人声和吉他不知疲倦地奏出的粗糙的小夜曲。偶尔会插播一条广告，每次梅兹格都会说，"这是印维拉蒂的"，或者"拥有大量股权"，然后安然点头微笑。俄狄帕会皱眉怒对，而当头痛像一朵鲜花在双眼后方盛开时，她越来越确定一个事实，那就是在作为新恋人的各种可能组合之中，他们找到了一种让时间放缓的办法。事物变得越来越不清晰。有一次她走进卫生间，试图在镜中找到自己的模样，但是找不到。在那一刻她感到的几乎是纯粹的恐惧。但她随即想起来镜子已经碎了，掉进了洗手池。"七年的坏运气之后，"她大声说，"我会是三十五岁。"她把身后的门关上，趁此机会开始胡乱地、几乎是心不在焉地套上另一套衬裙和裙子、一条长腿腰塑身裤和几双过膝长筒袜。侵扰她的事实是，假如太阳升起，梅兹格就会消失了。她不确定自己是不是真想要他。她回来后发现梅兹格只穿着拳击短裤，勃起着睡着了，脑袋埋在沙发下面。她还注意到了先前被西服遮盖的胖肚皮。电视屏幕上，新西兰人和土耳其人在一对一拼刺刀。俄狄帕叫了一声向他冲去，跌倒在他身上，开始吻他想把他叫醒。他明亮的眼睛突然睁开，目光刺进了她，她几乎能在双乳之间某个微妙之处感到那种尖锐。她发出一声巨大的叹息，像是一种神秘的液体把所有的拘谨带走了，她倒在他身边，如此虚弱无力，以至于没法帮他给自己解衣。这个过程花了他二十分钟时间，她觉得他像是一个放大了的、短发的、毫无表情的小姑娘，用他的方式滚动着、摆弄着一个芭比娃娃。她可能睡着了一两次。最后一次醒来时，发现自己正在性交中；她来到了一个正在走向性高潮的渐强状态中，就像突然切入一个摄像机已经开始对其运作的场景。屋外，吉他的赋格已经开始，她为每一种加入的电子声音记着数，大概数到六时才想起妄想狂乐队只有三个人弹吉他；所以，应该有别人也插上了吉他。

确实有人插上了吉他。她和梅兹格的高潮来临时，恰好此处所有的灯，包括电视机，全都灭了，死了，黑了。这是一种奇妙的体验。妄想狂乐队烧掉了一个保险丝。当灯复又亮起时，她和梅兹格在满地衣服和洒了的波旁威士忌之间搂在一起。电视机里出现了父亲、狗和伊格尔宝宝被困在渐渐黑暗的"贾斯汀"号里面的画面，而水位正在无情地升高。狗是最先被淹死的，在一大群泡泡之中。摄像机给一只手放在控制板上的哭泣的伊格尔宝宝来了个特写。什么东西短路了，被困的伊格尔宝宝被电击，来回踢打，可怕地尖叫着。可能是用了好莱坞那些夸张手段中的一种，父亲未被电击，所以能够发表一个告别演说，对把伊格尔宝宝和狗带入这番绝境表示道歉，并且梅恨他们不能在天堂相遇："你的小眼睛已经最后一次看见了你爸爸。你会被拯救；我会下地狱。"最终，他痛苦的双眼占满了屏幕，涌进来的水变得震耳欲聋，响起了奇怪的带有大段萨克斯的30年代电影音乐，最后浮现"剧终"的字样。

俄狄帕跳起来，蹿到对面墙边转身盯着梅兹格："他们没逃脱！"她叫喊道。"你这个杂种，我赢了。"

"你赢得了我的心。"梅兹格微笑道。

"印维拉蒂对你是怎么说我的?"她最终开口问了。

"想要搞定你不容易。"

她开始哭泣。

"回来，"梅兹格说，"听话。"

过了一会儿她说，"我会的，"然后她照办了。

第三章

．

有些事在当时便顺理成章地引人好奇了。如果说她即将标记为特里斯特罗系统或者常常只是特里斯特罗（就好像这可能是某种事物的秘密名称）的发现背后的动机之一是终结她被困在自己塔中的状态，那么与梅兹格偷情的那一夜在逻辑上便是它的起始点；从逻辑上说，这一事实也许是她最为挥之不去的：它在逻辑上的匹配性。就好像（正如她抵达圣纳西索的第一刻便猜到的）她这四周是正在演进的启示录。

启示录的大部分都会从皮尔斯留下来的集邮册中降临，那是他经常用来取代她的东西——几千扇通向深邃时空景象的小小彩色窗户：遍布着大羚羊和小羚羊的大草原、向西驶入虚无的大帆船、希特勒头像、日落、黎巴嫩雪松、并不存在的托寓式面容——他能够花上几个小时凝神观看每一扇，而忽视她的存在。她从来不理解这种着迷。想起这东西如今必须入册和估价，是件头疼事。毫无疑问，它们可能会告诉她些什么。但假如她不是先被经历的古怪色诱接着被其他那些几乎是即时发生的事情下套或是激活，那么，既然这些沉默的邮票如今只是以前的对头，和她一样被死亡欺骗，即将被分割成批，被运往可能是任何数量的新主人那里，它们究竟能告诉她什么？

这种激活已经认真展开了，通过来自马丘的信件，或是从她和梅兹格闲逛进一家叫作"示波器"的奇怪酒吧的那一夜。如今回忆起来，她忘记了是哪个在先。信件本身没什么内容，只是作为对她每周两次忠实发出但多少都是瞎写的短笺的回复，在那些短笺里她并没有坦白自己与梅兹格的私情，因为她觉得马丘早晚都会知道。接着就会到KCUF赞助的一场校园舞会上，再次望向光亮的体育馆地板，然后走进给篮球赛划定的两个巨大禁区中的一个，背对着所有男孩，琢磨着垂直仰泳鞋跟可能会让她比某个以时髦著称的十七岁姑娘莎朗、玲达或是蜜雪儿高一寸，她镶着天鹅绒的双眼在统计意义上说最终会和马丘的双眼相遇并且回应，接着关系自会顺畅发展，那时你会发现你守法的脑瓜怎么也摆脱不了和未成年人性交这个概念。她知道这个路数，因为它已经发生过好几次，虽然俄狄帕几乎是一丝不苟地保持公平，只提起过它一次，事实上，在另一天凌晨三点多的时候，她突然问起他是否担心刑法。"当然，"马丘沉默一刻之后回答，就说了这一句。但她在他的语调中似乎听到了更多，一种介于烦恼和悔恨之间的感觉。于是她好奇这种担心是否影响了他的活儿。既然体验过十七岁并且准备嘲笑一切，她发现自己被某种感觉所征服，可以称之为一种她不愿回顾、生怕陷于其中的温柔。就像他们之间所有的交流无能一样，这种感觉也有一个贤良的动机。

也许是认为信中不会有什么新鲜事的直觉让俄狄帕拿到信时更仔细地看了一下它的外表。最初她没发现奥妙。那是个马丘常用的普通信封，从电台顺出来的，贴着普通的航空邮票，邮戳左侧有个政府的小告示：淫秽邮件须向"锅局长"[1]报告。她闲来无事，见了这个便开始重读马丘的信，看看其中是否有脏话。"梅兹格，"她无故问起，"什么是锅—局长？"

"厨房里的伙计，"梅兹格在卫生间里权威地解释道，"掌管一切笨重器具，大煮锅、白铁锅、铸铁锅……"

她朝他扔了一个胸罩，说："我应该向我的锅—局长报告收到的一切淫秽邮件。"

"所以是他们印错了，"梅兹格说，"饶了他们吧。他们能小心谨慎不按错电钮[2]就行了，明白吗？"

也许就是在那个夜晚，他们碰巧路过了"示波器"，悠游达因工厂附近通向洛杉矶公路的路边的一家酒吧。时不时地，就像这个夜晚，回声庭院变得难以忍受，或是因为游泳池和面向池水的一排空虚窗户透出的寂静，或是因为一群无孔不入的少年窥淫狂，他们配到了迈尔斯的旅馆总钥匙，人手一把，可以心血来潮时突袭任何一个古怪的性活动。这件事已经发展得很出格，以至于俄狄帕和梅兹格已经习惯把一个床垫拖进步入式壁橱，然后梅兹格会用抽屉柜堵住门，把最下面一个抽屉抽出来放在柜子上，把腿伸进空档，只有这样他才能在壁橱里躺

1　应为"邮政局长"，此系信封印刷错误。
2　在冷战的历史语境中，此处应指美国政府对核武器发射按钮的控制。

直，但到那时他总是对一切都失去了兴趣。

对于悠游达因里的电器组装工人来说，示波器确实是个经常的去处。门外的绿色霓虹灯巧妙地勾画了一个示波器的显示屏，上面永远都流动着李萨如图形[1]。今天好像是发薪日，店里的每个人都已经醉了。俄狄帕和梅兹格一路都被用直勾勾的眼神盯着，所以他们到后面找了一张桌子。一个戴墨镜的干瘦酒保冒出来，梅兹格要了波旁威士忌。俄狄帕检视着吧台，变得紧张起来。示波器里的人们有这么一种"不明就里"：他们都戴着眼镜，盯着你，沉默着。除了门附近的几个人，他们正在忙着挖鼻孔比赛，比谁往屋里弹鼻屎弹得远。

从屋子另一端的某种点唱机里突然爆出一阵喧嚷。每个人都停住了说话。酒保踮着脚尖把酒送来。

"出什么事了？"俄狄帕悄声问道。

"这曲子是斯托克豪森[2]的，"时髦的灰胡子告诉她，"早来的顾客倾向于收听科隆电台的音乐。再往后，我们就会播些真的摇摆。你知道吧，我们是这儿唯一只播放电子音乐的酒吧。每周六来，我们在午夜会开始正弦波时段，那是个现场大集结，人们为了能合奏而从州内各处赶来，圣何塞、圣巴巴拉、圣迭戈……"

"现场？"梅兹格说，"电子音乐，现场？"

---

1 两个沿着互相垂直方向的正弦振动波的合成的轨迹。
2 20世纪德国著名作曲家，创作了很多具有探索性的电子音乐作品。

"别人都是录到磁带上，这儿，现场，伙计。我们有一整间后屋，里面全是音频振荡器、枪声机、接触式麦克风，什么都有，哥们儿。假如你没带自己的家伙，但来了兴致，想和其他酷人一起摇摆，这些东西总能派上用场。"

"叨扰了。"梅兹格说，带着伊格尔宝宝胜利的微笑。

一个穿着速干西服的羸弱年轻人滑进了他们对面的座位，自我介绍说名叫麦克·法罗皮安，然后便开始游说他们加入一个叫彼得·平贵德协会的组织。

"你算是个右翼分子吗？"讲究策略的梅兹格询问道。

法罗皮安眨眨眼睛。"他们指责我们是妄想狂。"

"他们？"梅兹格也眨眨眼睛，问道。

"我们？"俄狄帕问道。

彼得·平贵德协会的名字来自联盟国[1]战舰"不满"号舰长之名，他曾于1863年执行大胆计划，率领一支武装力量绕过合恩角攻击旧金山，开辟南方独立战争的第二战场。风暴和坏血病摧毁或驱回了舰队里的所有船只，除了这艘小小的"不满"号，它在一年之后出现在加州海岸附近。但平贵德舰长不知道的是，俄国沙皇尼古拉斯二世[2]已经命令他的远东舰队出发，四艘护卫舰和两艘飞剪式帆船，由海军少将波波夫率领向旧金山海湾驶来，目的（之一）是防止英法支持联盟国。平贵德选择了一个最坏时机对旧金山发起攻击。那年冬天传开的

1 南北战争时期南部蓄奴州从美利坚合众国分裂出来的政权。
2 按历史记载，此时俄国沙皇应是亚历山大二世。

41

谣言是南军巡洋舰"阿拉巴马"号和"萨姆特"[1]号确实即将攻城，于是俄国将军自主决定让他的太平洋舰队做好准备，打击这类攻城举动。但那两艘巡洋舰似乎只喜欢巡洋，其他什么也不做。不过，这并没有制止波波夫定期侦查。1864年3月9日是一个被所有彼得·平贵德协会会员视为圣日的日子，那天发生了什么并不清楚。波波夫确实派出了一艘战舰，护卫舰"博加提尔"号或飞剪式帆船"盖达-马克"号，四处巡视。在如今被称为卡梅尔海或是皮斯摩海滩的沿岸海域，中午或是快要日落的时候，两艘战舰发现了对方。其中一艘可能是开了火，如果确有其事，那么另一艘进行了还击；但两船都在彼此射程之外，所以都没有留下能证明什么的损伤。夜幕降临了。天亮后，俄国战舰消失了。但运动总是相对的。如果你相信在4月被送往圣彼得堡侍从将军那里、如今被收录于《红色档案》的"博加提尔"号或"盖达-马克"号航海日志的片段的话，那么那晚消失了的是"不满"号。

"谁在乎啊？"法罗皮安耸耸肩，"我们又不是要用它来写经文。我们当然因此在圣经带[2]失去了很多支持，虽然我们本来认为在那片地区我们会发展得很不错。那个老联盟。

"但那确实是第一次俄美之间的军事冲突。攻击，反击，两颗炮弹永远沉入深海，太平洋海水依旧奔涌。但那两片水花

1　萨姆特为南卡罗来纳州地名，曾是南军重要补给中心。
2　基督教福音派信仰在社会文化中占主导地位的美国东南部和中南部地区，地域覆盖与联盟国基本一致。

扩张、壮大，在今天将我们所有人吞没。

"彼得·平贵德确实是我们第一位付出代价的军人。和伯奇协会[1]里被我们更加左倾的朋友们尊为烈士的那些疯子不一样。"

"那就是说，指挥官被杀了？"俄狄帕问。

在法罗皮安的脑中，情况要糟糕得多。冲突之后，因为看到作为废奴者的俄国[2]和口头废奴同时对自己的工业劳力施行薪水奴役的联邦[3]之间存在军事同盟而感到震惊，彼得·平贵德留在自己的船舱中沉思了几周。

"但是听起来，"梅兹格提出了异议，"他似乎是反对工业资本主义的。这应该让他没法成为一个反共形象吧？"

"你的思考方式和伯奇协会会员很像，"法罗皮安说，"非此即彼。你不可能找到隐藏的真理。他当然是反对工业资本主义的。我们也反对。这一定会不可避免地引向某种政治派别？翻开来看，两者都属于同一种令人……"

"工业的一切都是如此。"梅兹格试探道。

"就是这么回事儿，"法罗皮安点头道。

"彼得·平贵德后来怎么样了？"俄狄帕想知道。

"他最终辞职了。违反了他的家教，也抛弃了荣誉。这是林肯和沙皇强迫的。我刚才说的代价就是这个意思。他和大部

---

1 即约翰·伯奇协会，美国政治团体，主张反共和小政府，被认为是极右翼。
2 亚历山大二世于1861年让农奴获得了自由。
3 指美国南北战争中北方的美利坚合众国。

分船员在洛杉矶附近定居下来；在他余生里，除了积累财富，几乎什么也没做。"

"多么辛辣的嘲讽啊。"俄狄帕说。"具体是做什么呢？"

"做加州房地产投机。"法罗皮安说，俄狄帕把正要下咽的饮料一口喷出来，形成一个十英尺长的闪亮锥体，咯咯地笑翻了。

"哇，"法罗皮安说，"那年干旱时，你可以在洛杉矶市中心最好的地方买地，六毛三一块。"

靠近门廊的地方传来一声大喊，人们向一个肩背皮邮包的肥胖而苍白的年轻人拥去。

"邮件来了！"人们叫嚷起来。这场景看起来当然很像是在军营中。胖孩子看起来不胜其烦，爬上吧台，开始念名字，把信封投进人群。法罗皮安道声失陪，便去加入了人群。

梅兹格此时已取出一副眼镜，眯起眼透过镜片观察吧台上的孩子。"他身上有悠游达因的工牌。你觉得是怎么回事？"

"送内部邮件的。"俄狄帕说。

"在这大半夜？"

"可能是夜班？"但梅兹格只是皱皱眉。"我马上就回来。"俄狄帕耸耸肩，向女卫生间走去。

在卫生间墙上，一片用口红涂出的污言秽语中，她发现了用工程字体整洁写出的如下信息：

对精巧的乐趣感兴趣吗？你自己，老公，闺蜜。人越

多越好，请只通过WASTE和科比接洽，洛杉矶七九三一
信箱

WASTE？俄狄帕感到诧异。在信息下方，用铅笔暗淡地画出了一个她以前从未见过的符号，一个圈、一个三角形和一个梯形，也就是：

这也许和性有关，但她其实不确定。她从钱包里找了支铅笔，把地址和符号在记事本上记下来，并且想：老天爷，象形文字。当她出来时，法罗皮安已经回来了，带着一脸滑稽相。

"你们其实是不该看见这个的。"他告诉他们。他拿着一个信封。俄狄帕能看到上面没有邮戳，代替它的是一个手写的缩写PPS。

"当然，"梅兹格说，"送邮件是政府垄断的差事。你们肯定要反对。"

法罗皮安给了他们一个坏笑。"实际上没有看起来这么叛逆。我们使用悠游达因的内部邮件。偷偷用。但找投递员是件难事，我们的流量不小。他们日程紧，所以容易紧张。工厂保安已经察觉到不对了。他们眼睛很尖。德·维特，"他指着正在被拉到吧台边去喝他不喜欢的酒的胖邮差，"是我们这些年里最紧张的一个。"

"这件事搞得有多大？"梅兹格问。

"只限于我们的圣纳西索分部。在华盛顿，我想还有达拉斯分部，他们正在创建类似的项目。但我们迄今是加州独一份。一些像你们一样不缺钱的会员会把信裹在砖头上，再裹上牛皮纸，用铁路特快[1]发出，但我不知道……"

"有点像逃避责任。"梅兹格同情地说道。

"规则便是如此。"法罗皮安表示同意，带着辩护的口气说。"为了保持合理的流量，每位成员每周都必须通过悠游达因的系统发至少一封信。如果你没做到，就会被罚款。"他拆了自己的信，给俄狄帕和梅兹格看。

亲爱的麦克，信上说，你好吗？我只是想给你写封便笺。你的书写得如何？就先说这些。在示波器见。

"就这么回事，"法罗皮安痛苦地坦承，"大多数时候都是如此。"

"他们说的书是什么？"俄狄帕问。

原来，法罗皮安正在写一本关于美国私营邮政业务历史的书，试图把南北战争和1845年前后开始的邮政改革运动联系起来。他发现，在所有年份中，1861年应该是联邦政府出台严禁那些独立邮路运营的法案的一年，这些独立邮路经历

---

1 美国联邦政府在20世纪初设置的机构，使用铁路运送邮件。此机构于1975年关闭。

了45、47、51和55年政府出台的各项法案后，仍然活了下来，而这一系列法案设计来就是为了驱使这些具有私人竞争性质的独立邮路运营商落入财务崩溃的境地的，所以1861年爆发战争不是简单的巧合。他认为所有这些都是一个权力的寓言，是关于它的供养、成长和有系统的滥用，虽然在那一夜，他并未对她说得如此深入。事实上，俄狄帕对他的最初印象是他单薄的身材和匀称的亚美尼亚鼻子，以及他的双眼与绿色霓虹的相似性。

对于俄狄帕来说，特里斯特罗缓慢而邪恶的兴起由此开始。或者说，她参加了某个独特的演出，它似乎是当晚的压轴节目，并因此被延长，算是给坚持到这么晚的人们一点褒奖。就像伊格尔宝宝的电影播映时和梅兹格玩的游戏中俄狄帕自己那套休闲装束一样，历史构造的、穿戴着的组合式长裙、网眼胸罩、镶钻吊袜带和丁字裤虽然将会脱落，但依然紧密层叠着；要等待特里斯特罗以可怕的赤裸形象出现，沉入拂晓前几小时无尽的黑暗是必须的。它那时的微笑会是羞怯的吗？它会调情般地藏进后台，毫发无损，只道一声晚安，给一个波旁大街[1]式的鞠躬，而不骚扰她？或者，它会在舞蹈结束后走下通道，如炬的目光直视俄狄帕，微笑变得邪恶无情，在稀稀拉拉的座席中独向她一人鞠躬，随即开始说出她绝不愿听到的言辞？

1　美国新奥尔良市法国区的著名街道，以酒吧和脱衣服俱乐部知名。

这场表演的开场已经足够清晰。它始于当她和梅兹格等待被授予亚利桑那、得克萨斯、纽约和佛罗里达几州代理人的附加认证信函的时刻，印维拉蒂在那些州都拥有地产，还有特拉华，他在那儿开了公司。他们二人，还有开敞篷车拉着小妞们的妄想狂迈尔斯、迪恩、塞尔日和莱昂纳德，决定在印维拉蒂最后的房地产项目之一，梵哥索泻湖玩一天。旅程一路无事，除了妄想狂们有两三次险些撞车，那是因为司机塞尔日的头发遮住了视线。他被劝说把方向盘让给了一个姑娘。在所有那些暗棕色小山上推挤着的成千幢三居室住宅后面某处，如位于内陆的昏昏欲睡的圣纳西索的烟雾所缺乏的自负和刺激所暗示的，潜伏着大海，想象所不能及的太平洋，无视所有冲浪者、沙滩垫、污水处理规划、游客拥入、晒太阳的同性恋和包船海钓的那个太平洋，月亮撕离地球后留下的大洞[1]和纪念她被放逐的纪念碑；你听不见甚至嗅不到，但它就在那儿，一种潮汐式的事物开始把触须伸过眼睛和耳鼓，也许是为了能激起即便是你最纤细的微电极也粗笨得无法探测到的细微脑电波。早在离开金纳莱特之前，俄狄帕曾经相信，大海在某种意义上说是对南加州的拯救（当然，不是对她所在的那部分地区，因为那儿似乎不需要），她相信一个未曾言说的想法，那就是无论你在大洋边做了什么，真正的太平洋都不会受到冒犯，并且会把任何边缘上的丑恶集合或收纳到一个更统一的真理中去。也许

---

1 月球形成理论之一，认为它来自太平洋地区，但此理论在阿波罗登月后已基本被否定。

这个上午当他们开始奔向大海并且将在见到任何大海前停住旅程时，这个想法，它荒芜的希望，是她唯一的感受。

他们在一些推土机之间穿过彻底没有树木的、惯常的象形几何构型，最后，在沙子路上颠簸着，螺旋下行来到了一片叫作印维拉蒂湖的人工雕砌的水体边上。蓝色水波中有一座圆形人工岛，上面盘踞着社交大厅，它矮壮厚实，身披铜绿，拥有尖拱，是一幢某种欧洲娱乐赌场的新艺术运动风格翻版的建筑。俄狄帕爱上了它。妄想狂一行人拥下车，提着乐器四处张望，像是希望在卡车运来的白沙下面找到插座把它们插上。俄狄帕从羚羊牌的后备箱里提出了一只盛满从兔下车意大利快餐店买的冷茄子帕尔玛干酪三明治的篮子，梅兹格则取出了一个装着酸龙舌兰鸡尾酒的巨大保温罐。他们稀稀拉拉地走向一个对没有私家码头的船主们开放的小码头。

"嘿，伙计们，"迪恩或是塞尔日在嚷嚷，"咱们搞条船吧。"

"对啊，对啊。"姑娘们叫着。梅兹格闭上眼，被一只旧锚绊了一跤。"你干吗闭着眼走路，梅兹格？"俄狄帕问道。

"盗窃罪，"梅兹格说，"他们可能得找个律师。"沿着码头边像小猪仔一样排成串的游艇中传来一声低吼，伴着升腾的烟，这说明妄想狂们确实启动了某人的引擎。"那就来吧。"他们叫喊道。突然，在几条船以外，一个裹着蓝色聚乙烯防水油布的身形站起身说："伊格尔宝宝，我需要帮助。"

"这声音耳熟。"梅兹格说。

"快，"蓝色油布说，"让我搭你们的船。"

"快啊，快啊。"妄想狂们招呼着。

"曼尼·迪·普莱索。"梅兹格说，看似并不高兴。

"你的演员/律师朋友。"俄狄帕想起来了。

"喂，别这么大声。"迪·普莱索说着，像一个聚乙烯尖顶罐子沿走道向他们挪过来。"他们在监视，用望远镜。"梅兹格把俄狄帕拉上即将被劫持的船，一艘叫作"哥斯拉二号"的铝壳三体船，然后也向迪·普莱索伸出了手，但抓住的似乎只是空空如也的塑料，他用力一拉，整个罩子脱落了，剩下一个站着的迪·普莱索，穿着紧身潜水服和水密太阳镜。

"我愿意解释这一切。"他说。

"喂，"沙滩远处传来几个声音，微弱但整齐划一。一个被晒得黝黑、也戴着眼镜的、理小平头的矮胖子从开阔地奔来，一只手臂像翅膀般折叠着，手掌放在胸前，藏在夹克中。

"我们正在被摄像吗？"梅兹格干巴巴地说。

"这可是玩真格儿的，"迪·普莱索唠叨道，"赶紧的。"妄想狂们解了缆，把"哥斯拉二号"倒出了码头，掉转船头，像一只从地狱飞出的蝙蝠随着同心协力的一声叫喊便出航了，几乎把迪·普莱索从船尾掀下去。俄狄帕回头观瞧，看见追赶者身边多了一个体形相似的男人。二人都穿着灰色西服。她看不清他们是否拿着枪之类的东西。

"我把我的车留在湖的另一边了，"迪·普莱索说，"但我知道他派人盯着。"

"谁派人?"梅兹格问。

"安东尼·吉昂荷瑞斯,"迪·普莱索答道,"又名美洲豹托尼。"

"谁?"

"呃,杂种[1]。"迪·普莱索耸耸肩,往尾波里吐了一口痰。

妄想狂们正在用《齐来崇拜歌》[2]的调子唱出这样的词句:

> 嘿,模范公民,我们刚偷了你的船啊船,
>
> 嘿,模范公民,我们刚偷了你的船……

他们边唱边互相追逐嬉戏,想把彼此从船侧面推下去。俄狄帕闪躲开,观察着迪·普莱索。如果他真如梅兹格所说,在一部电视试播片中饰演过梅兹格的话,那个角色应该是典型的好莱坞风格:他们看起来或者演起来一点都不像。

"那么,"迪·普莱索说,"谁是美洲豹托尼?科萨诺斯特拉[3]的大人物,就是他。"

"你是个演员,"梅兹格说,"你怎么和他们搅在一起?"

"我又当上律师了。"迪·普莱索说。"没人会买那个试播片,梅兹,除非你出头,做点像达罗[4]做的事,精彩绝伦的那种。也许可以去做一次轰动的辩护,激起公众的兴趣。"

---

1 原文系意大利方言。
2 一首圣诞颂歌。
3 意大利西西里黑帮的别称。
4 美国著名律师,曾为一些大案辩护。

"比如说？"

"比如说打赢了我起诉皮尔斯·印维拉蒂的官司。"梅兹格虽然冷静，但也不由得睁大了眼睛。迪·普莱索笑了，给了他的肩膀一记拳头。"没错，好伙计。"

"真想分一杯羹？你最好和另一个执行人也谈谈。"他介绍了俄狄帕，迪·普莱索礼貌地摘了摘太阳镜。太阳被遮蔽了，空气骤然降温。三人警醒地望见前方矗立的快要撞上的惨绿色社交大厅，它巨大的带尖角的窗户，熟铁花饰，凝固的寂静，空气似乎是在等待他们。迪恩，掌舵的妄想狂，利落地把船停在一座木质小码头边，所有人都上了岸，迪·普莱索焦急地走向一道户外楼梯。"我想看看我的车怎么样了。"他说。俄狄帕和梅兹格带着野餐物品随后走上台阶、沿着一道阳台走出建筑的阴影，最后登上一架金属梯子来到了楼顶。这感觉就像是在鼓面上行走：他们能听见他们的步伐在脚下空空的建筑上引起的震动，还有妄想狂们欢乐的叫嚷。迪·普莱索身穿闪亮的潜水服，爬上一座圆屋顶的侧面。俄狄帕铺开一条毯子，把酒倒进用白色碎泡沫塑料制作的杯子里。"车还在。"迪·普莱索边说边从屋顶下来。"我应该向它那边逃跑。"

"谁是你的客户？"梅兹格端着一杯酸龙舌兰鸡尾酒问。

"追我的家伙。"迪·普莱索边招认，边用牙齿咬住杯子，让它罩住鼻子，高深莫测地看着他俩。

"你躲避客户？"俄狄帕问。"你会从救护车上逃跑吗？"

"他一直想借钱，"迪·普莱索说，"因为我告诉他我在这个官司里拿不来任何庭外和解的预付款[1]。"

"那么说，你们都做好输掉的准备了。"她说。

"我对这个官司不太上心，"迪·普莱索承认道，"假如说我对一时发疯买下的那辆XKE[2]的分期付款都经常拖欠，又怎么可能借钱给别人呢？"

"三十多年一直如此，"梅兹格哼了一声，"你管这叫一时。"

"我没那么疯狂，我不知道会有麻烦，"迪·普莱索说，"美洲豹托尼也在里头，哥们儿。主要是赌博，他还得向当地组织汇报，说清理由，要不然会被处理。我可不想卷进去。"

俄狄帕瞪大眼。"你是个自私的蠢货。"

"科萨诺斯特拉一直都在监视，"梅兹格安慰道，"监视。帮助那些不想被帮助的组织，这没什么好处。"

"我在西西里有亲戚。"迪·普莱索用滑稽的蹩脚英语说道。在明亮的天空下，妄想狂和他们的妞儿们从塔楼、山墙和通风口后面冒出来，走向篮子里的茄子三明治。梅兹格坐在酒罐上，好让他们拿不着。起风了。

"给我说说官司。"梅兹格边说边用双手护住发型。

"你做过印维拉蒂的账目，"迪·普莱索说，"你知道比肯斯

---

1 此处系指诉讼方乃至律师行通过作为第三方的投资公司对诉讼进行贷款，投资公司向诉讼方预支诉讼款项的一部分，在诉讼成功或庭外和解之后按一定比例收取费用。若诉讼失败，投资公司将不能索回预付款，所以投资公司在提供贷款前会评估诉讼的成功概率。

2 英国豪华汽车生产商美洲豹（又译捷豹）20世纪六七十年代生产的一种车型。

菲尔兹过滤器的事情。"梅兹格不置可否地撇撇嘴。

"骨炭。"俄狄帕想起来了。

"对，美洲豹托尼，我的客户，提供了一些骨头，"迪·普莱索说，"是他起诉的。印维拉蒂一直没付钱给他。就是这么一回事儿。"

"随便一想，"梅兹格说，"这听起来不像印维拉蒂。他对支付这类款项非常细心。除非是贿赂。我只给他做过合法的扣税，所以如果是贿赂，我肯定没见过。你的客户是在哪家建筑公司工作？"

"建筑公司。"迪·普莱索斜了一眼。

梅兹格四下环顾。妄想狂和他们的妞儿们应该听不见对话。"是人骨头，对吗？"迪·普莱索点点头。"明白了，这就是他怎么搞到人骨头的。这个地区有不同的高速公路承包商，而印维拉蒂付钱那几家拿到了合同。都是用最干净的方法起草的，曼弗雷德[1]。如果有贿赂，我估计不会写进合同。"

"这是怎么回事，"俄狄帕问，"修路公司什么时候卖骨头，请问？"

"旧的公墓要被挖掉。"梅兹格解释道。"东纳西索高速铺路经过一个湖，它无权挡路，所以我们刚才在那儿高速驶过，轻而易举。"

"没有贿赂就没有高速。"迪·普莱索摇摇头。"这些骨头

---

1 迪·普莱索的名字"曼"的全称。

来自意大利。直销。其中一部分，"他向湖水挥挥手，"在那下面，为潜水狂们装饰水底。我今天就是为此而来，检查有争议的货物。当然，那是在托尼开始找麻烦之前。其他骨头在50年代早期用于做滤嘴项目的研发，那是癌症之前很早的事了。美洲豹托尼说所有骨头都是他从佩埃塔湖里捞上来的。"

"我的老天爷，"梅兹格想起了这个名字，"美国大兵的骨头?"

"一个连的样子，"曼尼·迪·普莱索说。佩埃塔湖位于那不勒斯和罗马之间的地勒尼安海岸线附近，是一次如今已被忽略的（发生于1943年的悲剧性的）军事摩擦的地点，位于向罗马推进时形成的小型袋状区域中。在持续数周的时间里，被切断并失去联络的一小群美军被困在这明澈安详的湖边的狭窄地带，而德国人从雄踞沙滩上方的峭壁顶端不分昼夜地对他们进行俯向和纵向开火。湖水温度太低而无法泅渡：在游到任何安全的湖岸之前你已经死于体温散失。那儿没有可以用来制作木筏的树。没有飞机经过，除了偶尔会有一架想要扫射的斯图卡[1]。如此少的人员能够坚持如此之久实属不易。他们在遍布岩石的沙滩上挖到了他们能挖的最深位置；他们派遣小分队向峭壁进攻，虽然绝大部分都没能回来，但有一次还是成功地敲掉了一挺机关枪。侦察小分队去寻找出路，但能回来的说他们什么也没找到。他们为突围做了一切可能的努力；面对失败，他们尽可能地保全生命。但最终他们都沉默地死去了，没有留下

1　德国飞机制造商容克斯生产的容-87俯冲轰炸机的别名。

一句遗言。有一天，德军从峭壁上下来，普通士兵们把沙滩上所有尸体都抛进湖中，包括对双方都不再有用的武器和其他物资。尸体沉到水底，一直待在那儿，直到50年代初，在当年隶属于佩埃塔湖德军的意军中担任过下士的托尼美洲豹知道水底有什么，和几个同伴合计看看能捞回什么。他们能找到的只是骨头。基于一系列含混不清的理由，其中也包括观察到当时已经有很多美国游客愿意花大钱看任何新鲜；还有关于森林草地公墓[1]和美国人对逝者崇拜的故事；可能还暗暗希望参议员麦卡锡及被其劝诱的官员们在能够支配大洋那边白痴阔佬们的时势下，把注意力调整到二战阵亡将士身上，特别是那些从未尸骨还乡的——美洲豹托尼从这些确定动机组成的迷宫中做出决策，认为他肯定能通过他在今日科萨诺斯特拉为人所知的"家族"中的关系，将他收获的骨头转给某些地方的某些美国人。他没想错。一家进出口公司买下了这批骨头，又卖给了一家肥料厂，后者可能拿了一两根股骨做实验室分析，但最后决定全部改用鲱鱼做原料，把剩下几吨骨头转给了一家控股公司，后者则将它们在印第安纳州韦恩堡的一处货仓中存放了差不多一年，直到比肯斯菲尔兹产生兴趣。

"啊哈，"梅兹格跳起来，"所以是比肯斯菲尔兹买下了它们。不是印维拉蒂。他拥有的唯一股份是在溶骨公司，他们办这家公司是为了研制滤嘴。比肯斯菲尔兹内部从不做这种

1　美国加州的连锁公墓。

项目。"

"我说，小伙子们，"一个腰身纤细、棕色头发、穿着黑色针织紧身衣和尖头运动鞋的可爱小妞说道，"这一切和我们上礼拜去看的那个病态至极的詹姆斯时代的复仇剧[1]像得太离奇了。"

"《信使的悲剧》，"迈尔斯说，"她说得没错。同一种古怪故事，知道吗？湖里失踪连队的遗骨，捞起来，变成炭——"

"他们一直在听，"迪·普莱索尖叫起来，"那帮孩子。每时每刻，总有人在偷听，探听；他们在你公寓里安窃听器，监听你的电话——"

"但我们不会把听到的事说出去。"另一个妞说。"另外，我们中间没人抽比肯斯菲尔兹。我们都抽大麻。"一阵笑声。但这不是玩笑话：鼓手莱昂纳德这就伸手从他的沙滩浴袍里掏出一把大麻烟卷分发给他的伙伴们。梅兹格合上眼，扭过头去低声说："私藏毒品。"

"帮帮我。"迪·普莱索说着，张大嘴用狂野的眼神看着湖上的来路。又一艘小快艇出现了，直奔他们而来。挡风玻璃后面蜷着两个穿灰西装的人。"梅兹，我得逃命了。如果他来这儿，别惹他，他是我的客户。"接着他便消失在楼梯下面。俄狄帕叹息一声，往后倒下，透过风望着空旷的蓝天。片刻之后，她听见"哥斯拉二号"启动了。

1　一种特殊的戏剧类型，始于伊丽莎白时代晚期和詹姆斯时代早期。

"梅兹格，"她突然意识到，"他把船开跑了？我们算是被流放在这儿了。"

他们确实落入了如此境地，太阳下山许久之后，迈尔斯、迪恩、塞尔日、莱昂纳德和他们的妞们通过用他们发光的烟蒂以足球场记分牌的式样拼出变换着的S字和O字，终于吸引了由退休牛仔演员和洛杉矶摩托巡警组成并负责巡夜的梵哥索泻湖保安队的注意。这期间的余暇被消耗在妄想狂乐队的歌唱、痛饮、用茄子三明治喂一群把梵哥索泻湖当成太平洋的海鸥和聆听理查德·沃芬格的《信使的悲剧》的剧情——参与讲述的八个记忆都渐渐舒展进入与他们大麻烟升起的烟圈和烟云一样难以测绘的区域，导致剧情几乎不知所云。它是如此令人迷惑，以至于次日俄狄帕决定亲自去看看这出戏剧，甚至成功怂恿梅兹格带她前往。

《信使的悲剧》是由圣纳西索一个叫作水罐演艺队的团体排演的，水罐是位于一家流量分析公司和一家去年还不存在明年可能不复存在但如今销售额超过日本人赚得盆满钵溢的非法晶体管收音机公司之间的一家小剧场。俄狄帕和满心不情愿的梅兹格走进了没有坐满的场地。演出开始时，场地也并不拥挤。但服装炫目，灯光充满想象力，虽然台词都是用移植的中西部舞台英式口音念出来的，五分钟后俄狄帕便发现自己完全被吸进了邪恶的理查德·沃芬格为他17世纪的观众们打造的景象之中：如此的预示天劫、渴望死亡、感官乏力、对于只在他们前方几年处等待的冷酷的内战深渊没有准备，带着一丝尖刻。

由开场剧情上溯十年，当时斯夸玛格利亚的坏公爵安吉罗，谋杀了附近法吉奥的好公爵，方式是在皇家修道院中的耶路撒冷主教圣纳西索斯像的双足上投毒，而好公爵每周日弥撒时有亲吻它们的习惯。这使得不合法的坏儿子帕斯夸莱能够替同父异母的兄弟、合法继承人和剧中的正面角色尼科罗摄政，直到他成人。帕斯夸莱当然不希望尼科罗能活那么长。与斯夸玛格利亚公爵合谋，帕斯夸莱为除掉年轻的尼科罗而建议玩捉迷藏，施计诱他爬进一门即将由帮凶开火的巨炮，希望能把孩子炸飞，这正是帕斯夸莱在后来的第三幕中沮丧地回忆起的。

在酒神追随者怒吼的硝石之歌

和硫磺坚定的旋律中

化为血雨喷洒而出滋润我们的田野。

帕斯夸莱沮丧，是因为那位"帮凶"，一个名叫厄尔寇的讨人喜欢的阴谋家，秘密参与了法吉奥宫廷中的异议活动，想留着尼科罗的性命，于是他设计将一只小羊塞进了大炮，同时把尼科罗扮作年长的老鸹偷偷送出了公爵的宫殿。

这个情节是在第一场中以尼科罗向一位名叫多麦尼科的朋友讲述自己的方式交代出的。尼科罗此时已经长大成人，在他杀父仇人安吉罗公爵的府邸外活动，假扮为一位特殊信使，受雇于当时在神圣罗马帝国绝大部分领土上垄断了邮递业务的索恩和塔克西斯家族。表面上他所希望做的是开拓新市场，因为斯夸玛格利亚的坏公爵一直拒绝使用价格更低、速度更快的索恩和塔克西斯系统，而只雇用自己的信使和他在附近的法吉奥的傀儡帕斯夸莱联系。尼科罗在此等待的真正原因自然是试图接近公爵。

在这时，坏公爵安吉罗正算计着合并斯夸玛格利亚和法吉奥的公爵领地，方式是将皇室中唯一的女性，他的妹妹弗朗塞丝卡，嫁给法吉奥的篡位者帕斯夸莱。这种联姻方式的唯一障碍是弗朗塞丝卡实为帕斯夸莱的母亲——她和法吉奥的前任统治者、好公爵有私通关系，这也是安吉罗起初决定毒死后者的原因之一。剧中逗乐的一场戏是弗朗塞丝卡小心地想提醒哥哥社会对于乱伦的禁忌。安吉罗回答说，这十年间他和她之间的不伦之恋，她倒像是忘记了。无论乱伦与否，这个婚必须得结；这对于他长远的政治计划至关重要。弗朗塞丝卡说，教堂不会允许。那么，我会向一位红衣主教行贿，安吉罗公爵说。此时，他已经开始爱抚妹妹，轻咬她的脖颈，对话转化为被纵欲驱动的发烧的一对身体，这场戏以二人跌进一张沙发床而告终。

第一幕的结尾，是多麦尼科从天真的尼科罗那儿获得了秘密之后，试图见到安吉罗公爵，出卖他亲爱的朋友。公爵在自己房中忙于纵欲，多麦尼科力所能及的只是求助于公爵的一位助理，而这位助理正是当年救了尼科罗一命并助他逃离法吉奥的厄尔寇。他把自己的这件往事告诉了多麦尼科，不过是在他以欣赏色情西洋镜为由诱使多麦尼科把脑袋伸进一个奇妙的黑盒子之后。一对铁钳迅速夹住了多麦尼科的脑袋，而盒子闷住了他的呼救。厄尔寇用红丝绳将他的手脚缚住，告知他落入了谁手，然后将一对夹子伸进盒子把多麦尼科的舌头扯了出来，刺了他几刀，往盒子里灌了一壶王水，让他遍历了一系列其他玩乐，包括阉割，这些都是多麦尼科断气之前必须承受的，带着受害者的尖叫，没了舌头的祈祷企图和痛苦的挣扎。厄尔寇用长剑挑着苍白的舌头奔向墙上燃烧的火炬，将舌头点燃，像个疯子般挥舞着它，喊出下列词句，结束了这一幕：

> 阉割对你的冷酷无情最恰当，
> 这是荒唐圣灵厄尔寇的感想。
> 不洁的恶灵既已下界，
> 就让我们开始你令人胆寒的圣灵降临节。

灯光熄灭了。在寂静中，有人从俄狄帕前面穿过剧场，清晰地说了一声："恶心。"梅兹格说："你想走了吗？"

"我想看看骨头是怎么回事。"俄狄帕说。她必须等到第四幕。第二幕主要是讲述一位枢机[1]遭受的漫长折磨和最终遇害的经历，原因是他宁死也不愿首肯弗朗塞丝卡与其子的婚姻。打断这个情节的是偷窥枢机痛苦的厄尔寇派遣信使去拜访

1　罗马天主教中仅次于教宗的职位。

在法吉奥对帕斯夸莱不满的正义势力，吩咐他们放出传言说帕斯夸莱要娶母，他认为如此一来必然会挑起公众责难；另一场戏则是尼科罗在和安吉罗公爵的一位信使闲聊时得知了失踪卫队的传说，他们是一群大约五十名经过精挑细选的骑士，法吉奥青年中的佼佼者，曾经担任好公爵的骑行护卫。有一天，当穿过斯夸玛格利亚的边疆时，他们消失得无影无踪，而不久之后好公爵便被毒杀了。诚实的尼科罗总是不善于隐藏自己的情感，他认为倘若这两件事有关联，而且能追溯到安吉罗公爵，那么，公爵应该好自为之。那位叫作维托里奥的信使感到受了冒犯，暗自誓言一旦找到机会便把这次叛逆的对话报告给安吉罗。与此同时，在刑房中，枢机的血被放进一只圣餐杯，他被迫将它奉献给撒旦，而不是上帝。他们还把他的大拇指剁了下来，迫使他把它当圣饼拿着，说"这是我的身体"，机灵的安吉罗发现这是在五十年的系统性欺骗之后，他第一次听到的像是真理的话语。总的来说，这是一场最亵渎神职的戏，可能是刻意讨好当时的清教徒（徒劳的企图，因为他们都从来不看戏，认为戏剧是不道德的）。

第三幕发生在法吉奥的宫廷中，讲述的是如何谋杀帕斯夸莱，和厄尔寇的代理人如何挑起一场政变及其达到的高潮。当宫廷外的街道上正在激战时，帕斯夸莱被锁在他贵族的温室中，主演着一场纵欲之欢。寻欢现场有一只凶猛的表演用黑猩猩，最近才从东印度群岛的旅行中带回来。当然，它其实是穿着猩猩外衣的某人，一俟发令便从枝形吊灯上扑向帕斯夸莱，与此同时，扮作舞女在周围闲逛的半打女性模仿秀表演者也会从舞台各处向篡位者围拢。复仇的人群在十分钟的时间里对帕斯夸莱施用肉刑、绳勒、下毒、烧灼、踩踏、致盲等各种手段，而他本人亲切地描述他各种不同的感觉以供我们取乐。他最终在极度痛苦中死去，一位叫吉纳罗的陌生人走进来，自称是暂时的国家领袖，直至合法的公爵尼科罗被找到。

接下来是半场休息。梅兹格钻进狭小的前厅去吸烟，俄狄帕去了女卫生间。她慵懒地寻找那一夜在"示波器"看见的符号，但令人惊讶的是，四壁都空空如也。她不知道确切原因，但看到以交流功能著称的公厕竟然没有一点起码的尝试，不禁感到一种威胁。

《信使的悲剧》第四幕展示了坏公爵安吉罗紧张狂热的状态。他已经得知发生在法吉奥的政变，以及尼科罗依然还在某处活着的可能。他听到了吉纳罗正在征召力量入侵斯夸玛格利亚的消息，还有因为枢机被害导致教皇即将介入的谣言。因为四面受敌，公爵让他还不曾怀疑的厄尔寇去把索恩和塔克西斯信使传唤进宫，因为他觉得自己的人已经不能再信任。厄尔寇将尼科罗带来等待公爵接见。安吉罗取出羽毛笔、羊皮纸和墨水，解释说为了避免来自法吉奥的入侵，必须赶紧向吉纳罗表达自己的良好心愿——这是给观众的解释，因为剧中的好人们还对最近的事态发展一无所知。当他草书时，顺便写了几句混乱神秘的字句提及自己使用的墨水，暗示它是一种不同寻常的液体，比如：

这漆黑的酿造在法国是为"墨";

　　境遇险恶的斯夸玛格利亚也许模仿了高卢,

　　因为它已从未知的深渊中起"锚"。

和：

　　天鹅只给了一根空心羽毛,

　　不幸的绵羊,只给了它的毛皮;

　　但是,在两者间流淌的变幻柔美的黑色,

　　并非来自残酷的拔毛和剥皮,

　　而是采集自非常不同的兽们。

　　所有这些都令尼科罗感到十分逗乐。在给吉纳罗的信件写毕封好之后,尼科罗将它放进自己的紧身上衣,出发前往法吉奥,虽然他和厄尔寇一样还不知道政变的事和他即将作为法吉奥的好公爵而归位的情况。剧情转向了吉纳罗率领一小支军队出发去进攻斯夸玛格利亚。有很多对话的意思是假如安吉罗想要和平,他最好派个信使,在他们到达边界之前就让他们知道他的想法,否则他们将不得不教训他一顿。在斯夸玛格利亚,维托里奥——公爵的信使,报告了尼科罗的叛逆言辞。另有报告说是发现了尼科罗背信的友人多麦尼科的尸体,已经残缺不全;但发现他鞋里藏了一张字条,用血潦草写就,这暴露了尼科罗的真实身份。安吉罗立时怒不可遏,命令追杀尼科罗。

大致是从此处开始，剧情变得非常怪异，话语中开始渗入一种温和的寒意并变得模棱两可。在此之前，名字的取法已经变得非常字面化或是隐喻化。但此时，在公爵发布了致命的指令之后，一种新的表达方式占据了统治地位。它只能被称为是一种宗教式的容忍。已经确定的是，某些事物不会被大声提及；一些活动不会在舞台上演；虽然在前几幕已经演了很多，但还是很难想象这些内容可能会是什么。公爵没有，也许是不能，让我们明白。他对维托里奥的尖叫已经足够清晰地说明谁不能去抓捕尼科罗了：是他自己的卫兵，他将他们的面目描述为歹徒、小丑和懦夫。但是，抓捕者会是何许人呢？维托里奥知道，宫廷中每个穿着斯夸玛格利亚制服晃悠并且交头接耳的唯利是图的走狗都知道。这就是一个天大的内部笑话。当时的观众也知道。安吉罗知道，但不说。他只是不挑明：

　　　　让戴面甲的他带进坟茔，

　　　　他那徒劳盗用的尊贵之名；

　　　　我们会在他的假面舞会上起舞，假装一切是真，

　　　　征集那些牢记世仇从不睡去之人的快刀，

　　　　不让被甜蜜的尼科罗盗用之名

　　　　被哪怕是最悄声地说出，一瞬即是失败

　　　　会带来一场残暴无情的厄运

　　　　不可言传……

回到吉纳罗和他的军队。一个来自斯夸玛格利亚的探子告诉他们尼科罗已经上路。众人很欣喜，一直寡言少语的吉纳罗只是告诫，乞求每个人记住尼科罗还穿着索恩和塔克西斯的制服在赶路。欢笑声止歇了。又一次，就像在安吉罗的宫廷中发生的那样，奇怪的寒意偷偷袭来。台上的每个人（很显然是依指示而行）都意识到一种可能性。比安吉罗还缺少智慧的吉纳罗祈求上帝和圣纳西索斯的护佑，然后全体继续前进。吉纳罗向一位中尉询问当前位置；原来这儿离法吉奥的失踪卫队神秘消失前最后一次被目击的湖畔只有一里格[1]。

与此同时，在安吉罗的宫殿中，诡计多端的厄尔寇终于机关算尽。在被维托里奥和其他数人招呼来之后，他被指控谋杀多麦尼科。目击证人鱼贯而来，进行了一场滑稽的审判，然后厄尔寇以被乱剑刺死这一干净利落的方式丢了性命。

我们还在接下来的一场戏里最后一次看见了尼科罗。他在一片湖岸边停下休息，并记得有人告诉过自己，这儿是法吉奥的卫队消失的地方。他坐在一棵树下，拆开了安吉罗的信件，终于得知了政变的消息和帕斯夸莱的死讯。他意识到自己正在奔向归位，奔向对一整片公爵领地的仁爱，还有他一切充满美德之理想的实现。他背靠一棵树，大声读出信件的部分内容，讥讽地评论那一套意在稳住吉纳罗直到安吉罗亲率斯夸玛格利亚军队入侵法吉奥的无耻谎言。舞台外传来拦路贼的声音。尼

1　古代欧洲长度单位，1里格约合4.828公里。

科罗一跃而起，盯着剧院放射状走道中的一条，手中紧握住剑柄。他颤抖着不能言语，只能结结巴巴说出可能是无韵诗中最短的一句："T–t–t–t ..."他开始退却，就像是处于想逃离某个梦境的瘫痪状态，每一步都需要努力。突然，在轻柔而可怕的沉寂中，三个肢体修长柔弱的人形出现了，穿着黑色紧身上衣、紧身连衣裤并戴着手套，黑丝套蒙住了脸，以舞者的优美姿态跃入舞台，停下来盯着他。他们长筒袜后面的面容被暗影模糊了并且变了形。他们等待着。全场的灯都灭了。

回到斯夸玛格利亚，安吉罗试图结集一支军队，但未能成功。他无计可施，便召集那些走狗和剩下的漂亮姑娘，仪式般地锁住一切出口，让人把酒送来，开始狂欢。

这一幕以吉纳罗的队伍在湖岸停住告终。一位士兵来报，说是发现了尼科罗的尸体，说它被毁坏得无法言说，是根据他自小佩戴在项上的护身符确认的。在又一阵寂静中，人们面面相觑。士兵递给吉纳罗一个从尸身上找到的血污的羊皮纸卷。从印戳来看，这是尼科罗所要递送的安吉罗的信件。吉纳罗扫视了一下，大吃一惊，顿时恍然大悟，大声念了出来。这不再是尼科罗给我们念出片段的那个撒谎的文件，而奇迹般地是安吉罗对自己一切罪行的漫长招供，最后还道出了法吉奥失踪卫队的真实命运。令人吃惊的是，他们每一个人都被安吉罗屠杀并扔进了湖中。后来，他们的骨头又被捞了上来，做成了炭，炭做成了墨水，而安吉罗带着一种黑色幽默感用这种墨水来写送到法吉奥的所有信件，包括这一封。

> 但如今这些无辜者的骨头
>
> 已和尼科罗的血混在了一处，
>
> 清白与清白汇合了，
>
> 这场婚姻的唯一孩子是奇迹：
>
> 一生的卑劣谎言，重新写成了真理。
>
> 这真理便是，我们都负有誓约，
>
> 这支法吉奥的卫队，法吉奥的尊贵逝者。

面对神迹，众人齐齐跪倒，以神为名祝福，哀悼尼科罗，誓言夷平斯夸玛格利亚。但吉纳罗以一种最绝望的声调读完了它，这对当初的观众可能是一种真的震撼，因为它说出了那个安吉罗没能说出而尼科罗试图说出的名字：

> 作为索恩和塔克西斯的我们知道他
>
> 如今已无视贵族而只相信剑锋，
>
> 曾经打结的金号角沉默着静卧。
>
> 星星们神圣的纠缠也不能阻挡，我想，
>
> 那个已和特莱斯特罗约好的人。

特莱斯特罗。当这一幕落幕，所有灯光熄灭的片刻中，这个词悬在空气中，也悬在黑暗中，迷惑着俄狄帕·玛斯，但还未对她释放它将要释放的能量。

第五幕，彻底的反高潮，充斥着吉纳罗对斯夸玛格利亚宫廷的邪恶血洗。中世纪人能遭遇的每一种暴死，包括碱水坑、地雷、利爪带毒的训练过的鹰隼，都用上了。它正如梅兹格后来所说的，就像是无韵诗写就的飞奔鸵鸟动画片[1]。在结尾，满台的横尸中唯一活着的角色是无聊的官员——吉纳罗。

从节目单上看，《信使的悲剧》是由一个叫作兰多夫·德里布莱特的人导演的。他也饰演了胜利者吉纳罗一角。"喂，梅兹格，"俄狄帕说，"陪我去后台。"

"你认识他们这儿的人？"急着要离开的梅兹格问。

"我想弄清一些事。我想和德里布莱特谈谈。"

"哦，关于骨头。"他神情忧郁。

俄狄帕说："我不知道，只是它让我觉得不舒服。这两件事，太接近了。"

"好吧，"梅兹格说，"那么接下来，封锁退伍军人管理局？向华盛顿进军？[2]上帝保护我，"他对着小剧场的天花板说道，引来退场人群的侧目，"远离这些自由派的、受了太多教育、长着软弱脑袋和流血的心的婆娘们。我已经三十五岁了，我应该明理了。"

"梅兹格，"俄狄帕尴尬地低语，"我是年轻共和党[3]的成员。"

1　飞奔鸵鸟是1949年开始出现在美国银幕上的一个动画角色。
2　此处应影射1932年美国参加过第一次世界大战的退伍军人为追索战时薪金而向华盛顿进军并导致流血冲突的事件。
3　美国政治组织，成员是十八岁至四十岁的美国共和党党员。

"哈普·哈瑞根漫画[1]，"梅兹格声音越发大了，"她差不多还没到读这个的年纪，约翰·韦恩在周六下午用牙齿屠杀了一万日寇，这是俄狄帕·玛斯的第二次世界大战，伙计们。今天有些人能驾驶大众车，在衬衫口袋里塞个索尼收音机。她可不是这样的，伙计们，她想洗冤，在那件事完结二十年之后。为冤鬼招魂。这一切都来自曼尼·迪·普莱索喝多了的骚扰。她忘记了她首要的忠诚，从法律上和道义上讲，都应该是对她所代理的产业的忠诚，而不是对我们穿军装的孩子们的，无论他们如何英勇，无论他们何时阵亡。"

"不是这么回事儿。"她抗议道。"比肯斯菲尔兹在它的滤嘴里用了什么，我根本不在乎。我不在乎皮尔斯从科萨诺斯特拉带来了什么。这些我都不想去想。或者佩埃塔湖，或者癌症……"她四处张望寻找着词儿，感觉无助。

"那又是为了什么？"梅兹格进逼着，站稳脚跟，蓄势待发，"什么？"

"我不知道。"她带着一丝绝望回答。"梅兹格，别骚扰我，和我站在一起。"

"去对抗谁呢？"梅兹格边问边戴上太阳镜。

"我想看看事情是否有关联。我好奇。"

1　哈普·哈瑞根是1931年影片《热辣嗣女》中的人物，但作者本意应指霍普·哈瑞根，美国20世纪40年代的漫画和电台节目中的一个超级英雄角色，在第二次世界大战期间曾有其加入美军参战的剧情。

"对，你好奇，"梅兹格说，"我在车里等着，可以吗？"

俄狄帕看着他走出视野，然后去找更衣室，在外面的环形走廊绕了两圈才找到躲在两盏顶灯光亮之间阴影处的一扇门。她走进一片柔和而精致的混乱，每个人暴露的神经末梢的短柱天线发出的有效果信号，互相干扰着。

一个正在除去脸上假血的姑娘示意俄狄帕走进一片满是被照得雪亮的镜子的区域。她挤进去，躲避着冒汗的二头肌和摇摆的长发造出的瞬间幕帘，最终站到了还穿着吉纳罗戏装的德里布莱特面前。"这戏装真不错。"俄狄帕说。"感受一下。"德里布莱特说着，伸出一只胳膊。她感受了一下。吉纳罗的戏装是灰色法兰绒的。"会流很多汗，但用其他材质就没法表现他了，对吧？"

俄狄帕点点头。她忍不住一直看着他的双眼。它们是亮黑色的，周围环绕着极其复杂的线条网络，就好像一座为了研究泪水的智力而设置的实验迷宫。这双眼睛似乎知道她想要什么，即便她自己都不知道。

"你是来讨论剧本的，"他说，"让我来给你泄泄气。它是写来娱乐大众的。就像恐怖片。它不是文学，它没有任何意味。沃芬格不是莎士比亚。"

"他是谁？"她问道。

"谁是莎士比亚……很久远了。"

"我能看看剧本吗？"她并不知道自己确切想要寻找什么。德里布莱特示意她去淋浴间旁边的一个文件柜旁。

"我最好赶紧先洗个澡，"他说，"在那帮捡肥皂[1]的人到来之前。剧本在顶上那个抽屉里。"

但抽屉里都是紫色的油印剧本——陈旧、带着裂痕和咖啡渍，其他什么都没有。"嘿，"她对着淋浴间叫喊，"原件在哪儿？这些复件你是从哪儿印的？"

"一本简装书。"德里布莱特叫喊着回答。"别问我出版社。我是在高速边上的扎普二手书店找到的。是本文集，《詹姆斯时代的复仇剧》。封面上有个骷髅。"

"能借给我吗？"

"被人拿走了。首演夜的派对上。每次我都丢至少半打书。"他把脑袋从淋浴间伸出来。他身体的其余部分笼罩在蒸汽中，而蒸汽给了他的脑子一种奇怪的、气球般的浮力。他小心地带着深深的乐趣盯着她，说道："还有一本。扎普可能还有。你能找到那个地方吗？"

有种感觉进入了她的内脏，起舞了很短时间，然后离开了。"你在逗我吗？"作为回应，沟壑环绕的眼睛只是注视着她好一阵。

"为什么，"德里布莱特最后发话了，"每个人都对文本这么感兴趣？"

"还有谁感兴趣？"她随即意识到自己说得太快了。他也许并不是特指这个剧本。

1　原文直译为"掉肥皂"，此处按国内通俗说法翻译，两者含义相同。

德里布莱特的脑袋前后摇摆。"别把我扯进你们的学术争端中去，"随即接上一句，"不管你们是谁。"带着一个熟悉的微笑。俄狄帕随即意识到，这微笑和演绎特莱斯特罗刺客的主题时他让他的演员们给彼此展示的表情一模一样，她不禁感到皮肤上一阵颤抖，犹如被冰冷的尸体的手指触摸过一样。这个特定的表情往往从一个令人不快的形象进入你的梦中。她决定问问这个表情。

"这个表情作为舞台指示写进剧本了吗？所有那些人，很显然是有因而来的。还是说这是你的手笔？"

"是我的，"德里布莱特告诉她，"这个表情，还有在第四幕里把三个刺客搬上舞台，沃芬格根本没写，知道吗？"

"你为什么这么干？是从别处听说过这些人？"

"你不明白。"他变得恼火了。"你们这些人，就像清教徒之于《圣经》。整天想到的就是话语、话语。你知道剧本存在于何处？不在那个文件柜里，也不在你寻找的任何书里，而是——"一只手从淋浴蒸汽的隐蔽后面伸出来指指他悬着的脑袋，"在这儿。这就是我存在的原因。给精神添加肉体。话语，谁在乎啊？它们是单调噪声，敲打个不停只是为了穿过演员记忆周围的骨头屏障，对吧？但现实是在这个脑袋里。我的。我是天文馆的投影员，台上那个圆圈里能看到的所有闭合的小宇宙都来自我的嘴、眼睛，有时还来自别的孔窍。"

但她依旧不甘心。"让你和沃芬格的处理方式不同的，是这个特莱斯特罗。"

德里布莱特闻听此名后，脸突然消失在蒸汽中。就像是突然被关掉了。俄狄帕原本无意说出此名。他已经在台下此处创造了和他在台上所创造的一样的宗教般的勉强感。

"假如我在此溶解，"飘忽的蒸汽中传来沉思的人声，"顺着下水道被冲进太平洋，那么你今晚所观看的一切也会消失。你，对此很关注的那部分你，虽然不知道缘何而起，和那个小世界，也会消失。残留的只会是沃芬格没有骗人的那些内容。可能是斯夸玛格利亚和法吉奥，假如它们确实存在过的话。可能是索恩和塔克西斯邮政系统，集邮爱好者告诉我它确实存在过。另一方，也有可能存在。敌人。但它们会是踪迹、化石。已经是尸体、矿物，没有价值和潜质。

"你可以和我坠入爱河，你可以和我的缩头师谈谈，你可以在我卧室里藏一台录音机，听听我睡觉时说些什么。你想做吗？你可以收集线索，发展出一篇论文，或者几篇，关于我的那些角色为什么会对特莱斯特罗的可能性有那样的反应，为什么刺客来了，为什么是黑色戏服。你可以那样去浪费你的生命但触碰不到任何真理。沃芬格提供了词语和一个故事。我赋予它们生命。就这样。"他陷入沉默。淋浴溅着水声。

"德里布莱特？"过了一阵，俄狄帕呼唤了一声。

他的面孔出现了片刻。"我们可以试试。"他没有微笑。他的双眼在等待，在各自那张网的中央。

"我回头电话联系。"俄狄帕说。她离开了，直到一直走到外面，才开始想，我刚才进去是为了问问关于骨头的事，但我们却谈起了特莱斯特罗。她站在附近一个废弃的停车场，看着梅兹格座驾的大灯向她照来，奇怪为何会如此巧合。梅兹格一直在听汽车电台。她上了车，和他一起驶出了两英里，才意识到古怪的夜间信号给他们传来的是来自金纳莱特的KCUF电台的声音，而播音的DJ是她的丈夫，马丘。

第四章

虽然她又见到了麦克·法罗皮安，并且确实对《信使的悲剧》的文本追踪出一段距离，但这些随访与随如今似乎呈级数增长的拥挤而来的其他发现相比并不显得更加令人不安，似乎她收集得越多，向她涌来的便越多，直至她看到、嗅到、梦到和想到的一切都被编织进了特莱斯特罗。

首先，她更仔细地阅读了遗嘱。假如在自己消亡后抛弃某个组织确实是皮尔斯的企图，那么，将生命赋予那曾经坚持过的存在，试图扮演德里布莱特的角色，成为在天文馆中央的黑暗机器，把遗产在环绕她的高耸天幕上投射出群星闪耀的意义，便是她职责的一部分，不是吗？假如在她的前路不是如此困难重重的话——她对法律、投资、房地产乃至对死者本人严重无知。认证法庭对她的职责给予的保金[1]可能是他们对于她会遇上多少困难的以美元衡量的评估。在她从示波器酒吧厕所墙上拷贝到记事本上的符号下方，她写下了一句：我应该投影

---

1 遗嘱认证保金是针对遗嘱管理人或执行人的职责设立的，目的在于避免死者子嗣和债权人因为他们的失职或不法行为而遭受损失。

出一个世界吗？假如不投影，至少也应该在天幕上的繁星中滑动着闪现几个箭头，勾勒出你的龙、鲸鱼和南十字。任何事物都会有所帮助。

　　正是这样的情感驱使她在一个清晨早起参加悠游达因的一次股东会议。她并不能在会上有所作为，但感觉它能对自己的慵懒给予些微的拯救。他们给了她一个白色的圆形访客徽章，她把车停在了一座巨大的停车场里，旁边是一幢一百码长的刷成粉红色的活动房子。这是悠游达因的食堂，她开会的地方。在两个小时里，俄狄帕坐在一条长凳上，被夹在两个貌似双胞胎的老人之间，他们的双手交替着不断掉在她的大腿上（就好像它们的主人睡着了，这些长着痣和老人斑的手开始在梦的景观中游荡）。在他们周围，黑人们把大盘大盘的土豆泥、菠菜、虾、西葫芦和炖肉端到长而闪亮的蒸汽保温台上，准备喂饱正午将大批到来的悠游达因员工。常规议程持续了一小时。在接下来的一小时里，股东、代理人和公司官员们举行了一次悠游达因歌节。他们用康奈尔大学校歌的旋律唱道：

赞美诗

　　　在洛杉矶高速公路，

　　　和交通的喧嚣上空，

　　　屹立着著名的银河电子公司

　　　悠游达因的分支。

我们宣誓对你不死的忠诚，

直到永远，

粉色的楼群熠熠生辉，

棕榈树高大挺拔。

还在公司总裁克莱顿·"血腥"·齐克利兹先生的亲自带领下，用《奥拉·李》[1]的调子演唱：

合唱曲[2]

引导弹头再入的是本迪克斯，

打造它们的是艾维柯，

道格拉斯、北美和格鲁门各分一杯羹。

马丁从发射架升空，

洛克希德从潜艇发射；

我们用小飞机做不出研发。

康维尔将卫星送入轨道；

波音制造了民兵导弹，

我们还在地面上待着。

悠游达因，悠游达因，

合同离你而去，

1　美国内战时期的歌曲。
2　歌词中出现的名字均系20世纪中叶美国航空航天领域的重要军工承包商。

国防部对你太苛刻，

就是为了伤害你，我敢打包票。

还有其他一些她记不起歌词的古老金曲。随后，歌手们以一个排大小为单位分组，对工厂进行了一次简短的游览。

俄狄帕不知如何就迷路了。她时而凝视一个模拟太空舱，四周围绕着困倦的老人；时而在日光灯的低鸣声中独自走过大片的办公室场景。任何方向视野可及之处都是白色或是柔色：男人们的衬衫、纸张、画板。她能想到的只是在这片光中戴上太阳镜，等待有人来救她。但无人注意她。她开始在浅蓝色桌子之间的过道上走动，不时拐个弯。她鞋跟落地声所到之处会有脑袋抬起来，工程师们盯着她直到她走过他们，但无人和她说话。这样走了五或十分钟，她脑中的恐慌在增长：似乎没有路能带她走出这个区域。接着，也许是碰巧（如果问起来，希拉瑞斯博士会指责她利用环境中的潜意识线索引导自己找到特定的人），她来到一个叫斯坦利·柯泰克斯的人面前，他戴着金属丝镜架的双光眼镜，穿着拖鞋、菱形花纹的袜子，第一眼看上去过于年轻，不像是在此处工作的人。事实上，他并没有在工作，只是用一支粗尖钢笔随手涂鸦出这个标志：

"你好！"俄狄帕说着，被这个巧合吸引住了。她一时心血来潮，补充说："是柯比让我来的。"这是厕所墙上的那个名字。虽然听起来应该是满含阴谋，但说出来却很傻。

"你好。"斯坦利·柯泰克斯说着，熟练地将他正在用来涂鸦的大信封推进了一个开着的抽屉里，随即将它关上了。他注意到了她的徽章，"你迷路了，对吧？"

她知道突兀地询问问题，比如问那个标志是什么意思，只会让自己一无所获。她说："我其实是个游客，股东。"

"股东。"他迅速打量了一下她，用脚从邻桌钩过来一把转椅，帮她转好。"坐。你真的能对政策施加影响，或者给出他们不会直接扔进垃圾桶的建议？"

"是的。"俄狄帕撒了个谎，想看看接下来会怎样。

"明白了，"柯泰克斯说，"希望你能让他们删掉关于专利的条款，女士，这就是我个人的愿望。"

"专利……"俄狄帕说。柯泰克斯解释说，每个和悠游达因签约的工程师，也签字放弃对自己可能的发明创造的专利权。

"这压制了你们最有创造力的工程师，"柯泰克斯说完，又痛苦地补充，"无论他身在何方。"

"我不认为人们还在搞发明，"俄狄帕说，感觉这会刺激他，"我是说，在托马斯·爱迪生之后，还有谁？现在不都是团队协作了吗？""血腥"·齐克利兹在早晨的欢迎演说中强调了团队协作。

"团队协作，"柯泰克斯低吼道，"算是个说辞，嗯。它事实上是一种逃避责任的方式。它是全社会毫无勇气的一个症状。"

柯泰克斯向两边望望，然后把他的椅子拖近了些。"你知道奈法斯提斯机器吗？"俄狄帕只是睁大了眼睛。"嗯，这是约翰·奈法斯提斯发明的，他如今在伯克利。约翰是还在搞发明的人物。看这儿，我有一份专利复印件。"他从一个抽屉里取出了一卷复印的纸张，上面画着一个盒子，盒子外面画着一个维多利亚时代留胡须的人物，出现在连有曲轴的飞轮上的最上方两个活塞后面。

"留胡须的这个人是谁？"俄狄帕问道。"詹姆斯·克拉克·麦克斯韦尔，"柯泰克斯解释道，"一位著名的苏格兰科学家，他曾经假想了一个叫麦克斯韦尔妖精的小小智者。这个妖精能坐在一个盒子里以不同随机速度移动的空气分子中，把高速分子从低速分子之间挑选出来。高速分子比低速分子带有更多能量。把它们在一处集聚多了，你会有一个高温区。然后你就能利用盒子里这个高温区和任何低温区的温差来驱动一个热机做功。因为妖精只坐在那儿挑选，你无需对系统做功。于是你就违反了热力学第二定律，不劳而获，导致了永动。"

"挑选不算劳动吗？"俄狄帕说，"你对邮局说这个，会被塞进邮包寄到阿拉斯加的费尔班克斯去，连一个易碎标志都不会贴。"

"是心理劳动，"柯泰克斯说，"而不是热动力意义上的劳动。"他接着讲述了奈法斯提斯机器如何包括一个真正的麦克斯韦尔妖精。你需要做的仅仅是凝视克拉克·麦克斯韦尔的照片，把注意力集中到你想让妖精把温度升高的那个汽缸上去，右边或左边。空气便会扩张，推动活塞。大家熟悉的基督教知识推广协会[1]的那张有麦克斯韦尔右侧影的照片，似乎最管用。

俄狄帕努力在保持脑袋不动的情况下透过墨镜小心环顾四周。无人注意他们：空调继续发出嗡嗡声，IBM打字机沙沙作响，转椅吱吱叫着，厚重的指南手册被啪地合上，发出颤声的图纸被叠了又叠，高高在上的静默着的日光灯管愉快地发亮，悠游达因的一切都是正常的。除了俄狄帕所在的此处，她偏偏就被从千万人中选出，不得不在没有被强迫的情况下走进这片疯狂的所在。

"当然，不是每个人都能操作它，"已经适应了这个话题的柯泰克斯告诉她，"只有那些有天赋的人才行。约翰管他们叫'敏感人'。"

俄狄帕把太阳镜架到鼻子上，眨着睫毛，打算用卖弄风情的方式将自己从这场谈话中拯救出来："你觉得我会是个不错的敏感人吗？"

"真想试试？你可以给他写信。他只认识几个敏感人。他应该会让你试试。"俄狄帕掏出小记事本，打开到她画着个符号和写着"我应该投影出一个世界吗？"的那一页。"573号信

1　1698年在英格兰创建的机构，麦克斯韦尔的《物质与运动》于1876年由该机构出版。

箱。"柯泰克斯说。

"在伯克利。"[1]

"不，"他的声音变得滑稽起来，她不由得猛抬起头望他，在那一刻，他在思维动能的推送下继续说着，"在旧金山，没有——"就在此时他意识到自己犯了个错误，"他住在电报街上的某处，"他含糊地说，"我给你的地址是错的。"

她冒了个险："那么WASTE的地址不再正确了。"但她把那个名字当作一个词说了出来，waste。他的表情凝固了，变成了一个不信任的面具。"是W. A. S. T. E.，女士，"他告诫她，"一个缩写，而不是waste，另外我们还是不要继续这个话题了。"

"我是在一个女卫生间里看到它的。"她坦白了。但斯坦利·柯泰克斯再也不上钩了。

"别惦记了。"他告诫道，翻开一本书，对她不再理会。

对她来说，很显然她是不会停止惦记这件事的。刚才柯泰克斯画着那个她起初猜想是"WASTE符号"的信封，她认为是来自约翰·奈法斯提斯，或者和他相似的某人。她的这个怀疑，恰好得到了彼得·平贵德协会的麦克·法罗皮安的支持。

"很显然，这个柯泰克斯是某个地下组织的一部分。"他几天后告诉她。"一个不平者的地下组织，但既然如此你又怎么能怪他们怀点怨愤呢？看看他们都经历了些什么。他们在学

1　在美国和绝大部分国家的邮政系统中，信箱号都必须和城镇名结合使用，而在本书描述的地下邮政系统中，这个规则很可能不再使用，这也是俄狄帕此言一出便露了马脚的原因。

校里和我们所有人一样被洗脑，相信了美国发明者的传奇——莫尔斯和他的电报、贝尔和他的电话、爱迪生和他的灯泡、汤姆·斯威夫特和他的种种。每个人只有一个发明。然后他们长大了，发现他们不得不签约，把所有权利交给悠游达因这样的怪物，被困在一些'项目'或者'专案组'或者'团队'里，开始陷入默默无名的境地。没有人想要他们搞发明——他们只是在一个设计好的公事流程中扮演着自己那个已经被某个程序手册设定好的小角色。俄狄帕，你认为独自被困在那样一个噩梦里，会是什么样的感觉？他们当然会携起手来，保持联系。他们总能辨别是不是又遇见了一个同类。虽然可能五年才会发生一次，但是，他们依然会立刻察觉。"

当晚一同来到示波器的梅兹格想要争辩。"你右翼得都左翼了，"他抗议道，"你怎么会去反对一个想要雇员放弃专利权的公司。在我听来，这像是一个剩余价值理论，伙计，而你听起来像是个马克思主义者。"当他们喝多之后，把这个典型的南加州话题变本加厉地谈。俄狄帕独自坐着，心情沮丧。她决定今夜来示波器并非仅仅因为和斯坦利·柯泰克斯的接触，也因为其他的新发现；因为一个格局似乎正在开始显现，是关于邮件及其投递方式的。

在梵哥索泻湖另一侧曾立有一个历史遗迹的青铜标志。上面写着：在此处，于1853年，一群威尔斯法戈雇员[1]勇敢地与

1　此处应指成立于1852年、主营快递和银行等业务的威尔斯法戈公司，该公司是今日美国富国银行的前身。

一队身穿黑色制服的蒙面强盗搏斗。提供这个描述的一位邮递员，这场大屠杀的唯一目击者，很快也不幸身亡。另外，唯一的线索是一个十字架，由一位遇难者在尘土中找到。时至今日，屠杀者的身份依然是个谜。

十字架？或者是作为名字缩写的T？《信使的悲剧》中，尼科罗也结巴着问过这个问题。俄狄帕陷入沉思。她从一个公用电话亭给兰多夫·德里布莱特打电话，想知道他是否了解这个威尔斯法戈事件，它是不是他选择让他的勇士们都穿黑的原因。电话铃声响了又响，传入虚空。她放下电话，前往扎普二手书店。扎普本人在暗淡的十五瓦灯光下走出来帮助她寻找那本德里布莱特提到的平装书，《詹姆斯时代的复仇剧》。

"这本书一直很抢手。"扎普告诉她。在暗淡的灯光下，封面上的骷髅观望着他们。

他只是指德里布莱特？她张口欲问，但又止住了。这是接下来众多犹豫中的第一次。

回到回声庭院，因梅兹格当天在洛杉矶另有公务，她便立刻翻开了唯一提到特莱斯特罗的地方。在她阅读的那行文字旁边，有人用铅笔注上了比较差异，1687年版。可能是一个学生留下的记号。不知怎么的，这让她很高兴。对那句话的另一种解读或许能帮助她照亮文字的黑暗面目。根据一段简短的前言，此书的文字来自一个出版日期不明的对开版本。奇怪的是，前言没有作者署名。她查了版权页，发现最初的硬封版是一本课本，《福特、韦伯斯特、托密欧和沃芬格剧作集》，由加州伯克利的莱克登出版社于1957年出版。她给自己斟了半杯杰克丹尼尔[1]（妄想狂们在前夜给他们留了一瓶新的），然后给洛杉矶图书馆打了电话。他们做了检索，但没找到硬封版。他们说可以试试用馆际借阅方式帮她找。"且慢，"她立刻想出了一个主意，"出版社在伯克利。也许我可以直接找他们试试。"她想她也可以去拜访约翰·奈法斯提斯。

她能发现那个历史遗迹标志，是因为她有一天特意重访印维拉蒂湖，其动机，你可以称作一种不断增长的迷恋，想要"引入属于自己的东西"——虽然那东西可能只是她本人的存在——带给印维拉蒂身后存活下来的零散产业。她会给它们下命令，她会创造繁星。次日，她开车驶向维斯帕黑文养老院，一处印维拉蒂在悠游达因落户圣纳西索时期为老年市民修建的公寓。在它的前院娱乐室里，她发现每一扇窗户似乎都照进了阳光；一位老年人在电视里播放的莱昂·施莱辛格[2]动画片前点着头；一只黑蝇在老人整齐头发间有头皮屑的粉红沟壑中爬行。一个胖护士拿着一瓶杀虫喷雾剂跑进来，叫喊着把苍蝇轰走，好在别处消灭它。谨慎的苍蝇留在了原地。"你在打扰索斯先生。"她对小东西叫嚷着。索斯先生猛然惊醒，苍蝇被震飞了，绝望地向门口逃去。护士紧追过去，喷着毒雾。

"你好。"俄狄帕说。

"我刚才在做梦，"索斯先生告诉她，"梦见我祖父。一个

1　美国威士忌酒。
2　美国电影制片人，其创办的莱昂·施莱辛格电影制作室是华纳兄弟动画公司的前身。

很老的人，至少和我现在一样老，九十一岁。我想，当我还是小孩的时候，我认为他一辈子都是九十一岁。现在我感觉到自己也这样了，"他说着笑了，"我一辈子好像就是九十一岁了。哦，那个老人会讲故事。在淘金时代，他是'小马快递'[1]的骑手。他的马叫作阿道夫，这点我记得。"

想起青铜标志的俄狄帕被激活了，向他展现出自认为最像孙女模样的微笑，然后问道："他是否曾经需要抵抗暴徒呢？"

"那个残酷无情的老人，"索斯先生说，"是个杀印第安人的人。天哪，每次他谈起杀印第安人的时候，口水都会从唇边淌下来。他肯定特别喜欢那部分情节。"

"你梦见他干什么了？"

"哦，那梦啊，"他可能是感到了尴尬，"它和一部关于猪小弟[2]的动画片混在一块儿了。"他朝着电视摆摆手。"这东西能进到你梦里，知道吧？肮脏的机器。你看过猪小弟和无政府主义者那部片子吗？"

她确实看过，但说没有。

"无政府主义者穿一身黑。在黑暗中你只能看见他的双眼。是30年代的片子了。猪小弟是个小男孩。孩子们告诉我他如今有了个侄儿，叫西塞罗。你还记得，在战争期间，猪小弟在一家军工厂工作吗？他和兔八哥。那也是部好片子。"

1　美国19世纪的一家快递公司，在密苏里州和加利福尼亚州之间使用骑手和驿站提供快递服务，但只存在了一年半。
2　美国华纳兄弟公司的动画人物。

"穿一身黑。"俄狄帕提示着他。

"和印第安人混在一起了，"他试图回忆，"那个梦。戴黑羽毛的印第安人不是真的印第安人。我祖父告诉我的。羽毛都是白的，但那些假印第安人为了把羽毛染黑，需要烧骨头，把他们的羽毛在炭黑里搅。这样他们在黑夜里才不会被看见，因为他们只在夜里出现。这就是为什么老人，很幸运地，明白他们不是印第安人的原因。没有一个印第安人会在夜晚发动攻击。因为假如他被杀了，他的灵魂会永远在黑暗中徘徊。异教徒。"

"假如他们不是印第安人，"俄狄帕问，"那他们是什么人？"

"这是一个西班牙名字，"索斯先生皱着眉说，"或是一个墨西哥名字。哦，我想不起来了。他们没有在戒指上标记吗？"他伸手到椅子下面的一个针织袋里，掏出了蓝毛线、针、花样，最后是一枚暗淡的金图章戒指。"我祖父把他杀掉的一个人的手指砍了下来，拿到了这个。你能想象一个九十一岁的老人会如此残暴吗？"俄狄帕盯住戒指。戒指上的设计又是WASTE的符号。

她向四周张望，被从所有窗户射进的阳光所惊吓，感觉自己被困在了一块复杂的晶体中央，不禁说道："我的神啊。"

"我确实能感觉到他，在特定的日子，温度特定的日子，"索斯先生说，"还有特定的气压计读数下。你知道吗？我感觉他离得很近。"

"你祖父?"

"不,我的神。"

于是她出发去寻找法罗皮安,他应该知道关于小马快递和威尔斯法戈的很多事,既然他正在写一本以它们为题材的故事。他确实在写,但并未提及它们的黑暗对手。

"我有了一些线索,"他告诉她,"这点我敢肯定。我写信给萨克拉门托[1]询问那个历史标记,他们已经在他们那套官僚体系中踢了几个月的皮球。终有一天他们会回复,给我一本原始资料让我自己读。那本资料会说,'老一辈人记得那些轶事',关于当年发生的一切。老一辈人。真是不错的资料,这种典型的加州垃圾。作者很可能已经死掉了。没办法去顺藤摸瓜,除非你想顺着一条偶然相关的线索去查找,就像你从那个老人那儿得到的一样。"

"你认为那确实是条相关的线索?"她感觉到这线索脆弱得就像一根细长的白发,来自一个多世纪前。两个很老的人。这一切令她自己和真理之间的所有脑细胞都感到疲劳。

"劫掠者,没有名字,没有面孔,一身黑衣。可能是联邦政府雇的。那些镇压可真够残酷的。"

"难道不可能是竞争的另一家快递公司吗?"

法罗皮安耸耸肩。俄狄帕给他看了WASTE符号,他又耸

---

1 加州州政府所在地,此处代指政府。

耸肩。

"麦克，这是我在女卫生间里看见的，就在这儿，示波器。"

"女人们啊，"他只说了这句，"谁能明白她们是怎么回事？"

假如俄狄帕能想到回去查查沃芬格剧本里的几行文字，她也许就会自己找出下一个线索。不过，她从一个叫成吉思·科恩的人那儿得到了一些协助，此人是洛杉矶地区最知名的集邮家。梅兹格根据遗嘱的指示，请了这位和蔼的、有些微腺体肥大的专家，来给印维拉蒂的邮票收藏进行归档和估价，并以总价的百分之一作为报酬。

一个多雨的早晨，雾气从游泳池面升起，梅兹格又不在，妄想狂们去某处录音了，俄狄帕接到了这位成吉思·科恩的电话，即便是在电话里，她也能感觉到他的不安。

"有些不寻常的东西，玛斯小姐，"他说，"您能来一趟吗？"

在平滑的高速公路上行驶时，她多少可以肯定，"不寻常的东西"会和特里斯特罗这个词有关。一周前，梅兹格开着俄狄帕的羚羊牌车把集邮册从安全存款储存处取出来交给科恩，那时她甚至没有打开它们瞧瞧的兴趣。但现在她有了主意，就像是天上下的雨偷偷告诉她的，那就是，对于私营快递公司，法罗皮安所不了解的，科恩可能了解。

当他打开寓所/办公室的门时，她看见他被"框"在一道或者一系列长长的门廊中，一个个房间朝着桑塔莫尼卡[1]的方向退去。都浸透了雨光。成吉思·科恩略有热伤风的症状，裤子拉链半开，还穿着一件巴里·戈德华特[2]式的套头衫。俄狄帕立刻萌生母爱。在套间朝里大概三分之一远的位置的一个房间里，他让她在一把摇椅上就座，然后给她端来了盛在精致小巧的玻璃杯中的真正自制的蒲公英酒。

"蒲公英是我在公墓里摘的，两年前的事。如今公墓已经没了。为了修东圣纳西索高速公路，他们把它拆了。"

在事情发展的这个阶段，她能够察觉到这样的信号，据说癫痫病人就是这样的——气味、颜色、非常纯粹而尖厉的装饰都会导致他的发作。在此之后，他记得的只是这个信号，非常表面的东西，世俗的宣告，而不是发作时所暴露的一切。俄狄帕猜想，在这件事结束的时候（假如它会结束的话），留给她的会不会只是线索、宣告和恐惧集合起来的记忆，而绝不会是中心真理本身，因为这真理想必每一次都太过明亮，令她的记忆无法承受；它总是会自燃，无法挽回地破坏掉自身的信息，留下一片曝光过度的空白，那时普通世界才会归来。就在呷了一口蒲公英酒的那一刻，她突然意识到这样一种发作说不定已经发生过无数次，如果它再度发生，该如何抓住它。也许它就发生在上一秒中——但是无法证实。她向着雨中科恩屋子间的门廊望去，第一次意识到，在此迷路究竟能迷得有多深。

1　南加州城市名。
2　美国亚利桑那州参议员，1964年共和党总统候选人。

"我擅自做了个决定，"成吉思·科恩说道，"和专家委员会取得联系。我还没有把有问题的邮票交给他们，这需要经过你，当然还有梅兹格的授权。不过，我肯定，所有的费用都可以算到产业的名下。"

"我不是很明白。"俄狄帕说。

"稍候。"他把一张小桌子向她推过来，用镊子从一个塑料夹中小心地取出一张美国纪念邮票，1940 年发行的"小马快递"，三分面值，汉娜棕色[1]。信销票。"看，"他说着，打开了一盏小巧明亮的灯，递给她一柄长方形放大镜。

"拿反了。"她正说着，见他用汽油轻轻地涂抹邮票，然后把它放在一个黑色托盘上。

"水印。"

俄狄帕凝神观瞧。又是它，她的 WASTE 符号，以黑色呈现在中央偏右一点的位置。

"这是什么？"她问道，恍惚中觉得不知过了多长时间。

"我不确定，"科恩说，"这就是为什么我已经说过要把它和其他几张一起交给委员会鉴定的原因。有些朋友已经来看过它们，但都不敢妄加猜测。不过，要看看你对这一张有什么想法。"他用镊子从同一个塑料夹里取出了一张像是德国旧邮票的东西，中央四分之一的地方有些图案，顶上印着邮票，右侧边缘是索恩和塔克西斯的铭文。

1　汉娜棕色是一种邮票特定颜色名。

"它们表示的是，"她想起了沃芬格的剧作，"某家私营快递公司，对吧？"

"从1300年左右开始，直到俾斯麦[1]于1867年收购它，玛斯小姐，它是唯一一家欧洲邮政公司。这是它为数极少的带胶邮票之一。不过，注意看四角。"俄狄帕看见邮票的每个角上都有一个号角图案，里面是一个环形。很像WASTE符号。"邮递号角，"科恩说，"是索恩和塔克西斯的标志。它曾是他们的纹章。"

曾经打结的金号角沉默地静卧着，俄狄帕想起来了。非常肯定。"那么，你发现的水印和它们，"她说，"差不多是一个东西，除了号筒里伸出来的那个小玩意儿。"

"听起来很荒谬，"科恩说，"但我猜那是个弱音器。"

她点点头。黑色装束，寂静，秘密。无论他们是谁，他们的目标是让索恩和塔克西斯邮递号角不再吹响。

"一般来说，这种邮票，还有另外几张，都是不带水印的，"科恩说，"从其他细节来判断——图案填充、齿孔度数、纸张做旧的方式——它很显然是张假票，而不仅仅是个错误。"

"那么它一钱不值。"

科恩微笑着，撸了一下鼻子。"你会对一张假票能卖多少钱感到惊讶的。有的收藏家专营此道。问题是，这些是谁造的假？他们够狠的。"他把邮票反过来，用镊子尖指给她看。图

1　19世纪德国重要政治家。

案上有一个小马快递员骑马离开一座西部驿站。在图案右侧，骑手可能将要路过的一片灌木中，伸出一根精雕细刻的黑色羽毛。"为何要故意添加这么一个错误？"他问道，忽视了她脸上的表情——如果他注意到的话。"我到目前为止已经找到了八张。每张都有一个这样的错误，非常细致地添加到了图案中，就像是一种嘲弄。除了这些，甚至还有一处故意拼写错误——美国资邮。"

"是多老的邮票？"俄狄帕以异常的大声脱口而出。

"有问题吗，玛斯小姐？"

她于是告诉他那封来自马丘的信上有一个提请她向邮政局长报告淫秽邮件的邮戳。

"古怪，"科恩表示赞同，"这个拼写错误，"他边翻笔记边说，"只出现在四分的林肯票上，常规发行，1954年。其他造假都是1893年的。"

"差了六十多年，"她说，"那他应该很老了。"

"如果是同一个人的话，"科恩说，"难道这个造假与索恩和塔克西斯一样老？奥默迪欧·塔西斯[1]在被驱逐出米兰之后，于1290年左右在贝尔加莫地区组建了他最早的快递队伍。"

他们坐在沉寂中，倾听着雨点懒洋洋地啮咬窗户和天窗，都被这个奇异的可能性瞬间震住了。

"这样的事以前发生过吗？"她不问不快。

1　历史上的索恩和塔克西斯家族快递业创始人名叫奥默迪欧·塔索，原著此名系拼写错误或故意为之。

"一个有八百年历史的造假传统。这我不了解。"俄狄帕于是把索斯老先生的图章戒指、她撞见斯坦利·柯泰克斯正在涂鸦的标志和示波器酒吧女卫生间里加了弱音器的号角这些事都告诉了他。

"不管它是什么，"他觉得这么说几乎是废话，"他们显然还活跃着。"

"我们要报告给政府吗？还是做点别的？"

"我肯定他们知道的比我们多。"他听起来有些紧张，或是突然要撤退。"不，我不建议报告。这不关我们的事，不是吗？"

她于是问他关于W.A.S.T.E.这个缩写的事，但已经太晚了。她已经"失去"了他。他拒绝了，但是这拒绝和她自己的想法是如此不合拍，他可能甚至是在撒谎。他给她斟了更多蒲公英酒。

"事情如今更清楚了，"他以正式的语调说，"几个月前还迷雾重重。你看，在春天，当蒲公英又开放的时候，酒开始发酵。就好像它们有记忆。"

不，俄狄帕悲伤地想，就像是他们的家族墓地依旧以某种形式存在着，在一片你还可以散步的地方，而不需要使用东纳西索高速公路，遗骨都在地下安眠，滋养着蒲公英的鬼魂，没有人会把它们刨出来。就好像死者依然存在着，甚至在一瓶酒中。

第五章

虽然她的下一步应该是再次联系兰多夫·德里布莱特，但她还是决定驱车前往伯克利。她想查清理查德·沃芬格是从何处得到关于特莱斯特罗的信息的。还有可能了解一下发明家约翰·奈法斯提斯是如何取邮件的。

就像当她离开金纳莱特时马丘的表现一样，梅兹格对于她的离开似乎并不着急。在北上的行车途中，她内心激辩过，到底是在去伯克利的路上回家停留片刻，还是回程再说。结果是她错过了去金纳莱特的出口，问题自然化解。她从容沿着湾区东部北行，爬上了伯克利的丘陵地带，在接近午夜的时候抵达一座外形复杂、层数很多的巴洛克式旅馆，里面铺着深绿色地毯，衬托着弯曲的走廊和装饰吊灯。大堂中的告示牌上写着欢迎美国聋哑人代表大会加州分会会员。此处的每盏灯都异常明亮，一种真正可以度量的寂静占据了全楼。一个在柜台后面打瞌睡的店员冒出来，开始对她打手语。俄狄帕想向他竖个中指看看会如何。但她已经开了一天车，疲劳在此刻突然弥漫全身。店员在彻底的寂静中带她穿过和圣纳西索的街道一样轻微弯曲的走廊，来到一间有一幅雷梅迪奥斯·瓦罗[1]作品复制品的房间。她几乎是立刻进入了梦乡，但不断从一个和她床对面镜子里的某种事物有关的噩梦中惊醒。没有什么确切内容，只是一种可能性，她什么也看不见。她最终睡安稳后，梦见了马丘，她的丈夫，正在一片白色沙滩上和她做爱，那个地方不是她所了解的加利福尼亚。当她早晨醒来时，发现自己坐得笔直，盯着镜中自己疲惫的面容。

她在沙塔克大街的一座小办公楼里找到了莱克登出版社。他们手头没有《福特、韦伯斯特、托密欧和沃芬格剧作集》，但是收下了她十二块五毛的支票，给了她出版社位于奥克兰的库房地址和一张向库房职员出示的收据。她拿到书已是下午了。她迅速翻看，找到了那句把她一路带到当前境遇的文字。在被绿叶切碎的阳光下，她愣住了。

星星们神圣的纠缠也不能阻挡，我想，对偶句是这样，那个跨过了安吉拉之欲的人。

"不，"她大声抗议，"那是个已和特莱斯特罗约好的人。"简装版里那条铅笔注释提到了一个版本差异。但简装版应该是她手中这本的原样再版。正在迷惑时，她发现这个版本也有一个脚注：

此处完全来自四开版（1678年）。更早期的对开版在最后

___

1　西班牙女画家（1908—1963），后半生移居墨西哥，作品体现了超现实主义和象征主义风格。

一句所在位置插入了一个铅条。德阿米科认为沃芬格或许在此处对某位宫廷人士进行了有损名誉的比较，后来的"修复"其实是印刷工伊尼格·巴夫斯泰伯的创作。可疑的"白教堂"版（1670年左右）中的写法是"这次幽会或者错误的扭曲，奥·尼科罗"，不光引入了一条欠优雅的亚历山大诗体诗句，而且从句法上很难解读，除非我们接受J·-K·赛尔非正统但颇具说服力的观点，认可这行文字实为"这个特莱斯特罗的震怒之日……"[1]的双关语。但必须指出的是，这一观点依然让这行文字像之前一样错讹严重，因为"特莱斯特罗"一词含义不明，除非它是"特里斯特"（等同于悲惨的、堕落的）一词的伪意大利语变体。不过，"白教堂"版不仅只有残本存世，而且充满了我们在其他章节也指出过的这类错讹和有捏造可能的内容，可信度很低。

那么，我在扎夫买的简装版中的"特莱斯特罗"是来自何处呢？俄狄帕想。除了四开版、对开版和"白教堂"残本，是否还有一个版本？这次，编者前言里留了名字，一个叫艾莫瑞·波兹的，是加尔[2]的英语教授，但其中并未提到另一个版本。她花了几乎又一个小时搜索了所有脚注，但一无所获。

"该死！"她叫道，然后发动汽车驶向伯克利校园，去找波

---

1 原文为"This trystero *dies irae* ..."，与白教堂版的原文"This tryst or odious awry"在文字和发音上有相似之处。

2 加州大学伯克利分校的昵称。

兹教授。

她其实应该记住这本书的发行时间——1957年。另一个世界。英语系办公室的女孩告诉俄狄帕，波兹教授已经不在此处供职了。他在加州圣纳西索的圣纳西索学院任教。

当然，他还会在哪儿？俄狄帕自嘲道。她抄下地址，一边走一边想着是谁出版了简装版。她想不起来。

这是一个夏天工作日的下午三点左右，在俄狄帕的印象中校园不会喧闹，但这一个例外。她从威勒大厅[1]下山，穿过萨泽门，来到一座广场，广场上挤满了灯芯绒，牛仔裤，裸腿，金发，角质框眼镜，阳光下的自行车辐条，书包，摇晃的折叠桌，拖到地上的冗长的请愿书，标着深不可测的FSM，YAF和VDC缩写[2]的海报，喷泉里的泡沫和学生们激烈的对话。她抱着她的大书走过其间，被周围的一切所吸引，但又缺乏信心，作为一个陌生人，她希望能和这一切建立沟通，但明白那需要在另类宇宙中进行多么艰难的搜索。因为她已经接受过教育，在一个躁动、乏味和退缩的时代，这不仅指她周围的同学们，也指他们周围和前方大部分可见的建构，这一直是存在于高层的某些病症在国家层面上的反映，唯有死亡才有能力治愈它。而这个伯克利并非她曾经就读的那种昏昏欲睡的本地土校，它更像是那些你读到过的远东或是拉美的大学，那些自治的文化

---

1 加州大学伯克利分校英语系所在地。

2 分别指"言论自由运动"（Free Speech Movement）、"美国青年捍卫自由"（Young Americans for Freedom）和"越南日委员会"（Vietnam Day Committee）。

媒介，最被尊崇的民俗在其中都可能被质疑，在异议的声音中酝酿巨变，因为选择了承诺而充满自杀气息——那种能推翻政府的力量。但当她在金发孩子们和低哼着的本田及铃木之间跨过班考罗夫特大道之时，她能听到的是英语，美式英语。詹姆斯和福斯特部长[1]，还有约瑟夫参议员[2]，那些像慈母般照顾了俄狄帕温和少女时代的敬爱的癫狂的守护神，都去了另一个世界。沿着另一条轨迹，另一系列决策被敲定，转辙器被关闭，操作它们的无名扳道员都被调离、被抛弃、入狱、躲避追捕、变疯癫、吸毒、酗酒、变狂热、化名、死亡、再也无从寻觅。在这一切之中，他们成功地将年轻的俄狄帕变成了一种确实稀有的物种，不适应游行和静坐，但却是追溯詹姆斯时代文本中奇怪话语的奇才。

她把羚羊牌驶入了电报街一条灰色路段上的一座加油站，在电话簿上找到了约翰·奈法斯提斯的地址。她把车开到一处仿墨西哥风格的公寓楼那儿，在一排邮箱中寻找他的名字，走过一排挂了帘子的窗户，找到了他的房门。他理着平头，和柯泰克斯一样显年轻，但是穿着一件杜鲁门主政时期的带有各种波利尼西亚主题的衬衫。

在介绍自己的时候，她引出了斯坦利·柯泰克斯的名字。"他说你能告诉我我是不是一个'敏感人'。"

---

1 指美国第一任国防部长詹姆斯·福莱斯特（1892—1949）和美国国务卿约翰·福斯特·杜勒斯（1888—1959）。

2 指约瑟夫·麦卡锡（1908—1957）。

奈法斯提斯此前正在看电视上一帮孩子跳类似瓦图西[1]的舞蹈。"我喜欢看年轻人的东西，"他解释道，"那个年纪的小妞别有一种情趣。"

"我丈夫也有这喜好，"她说，"我理解。"

约翰·奈法斯提斯给她一个亲切的微笑，从后面的一间工作室里取出了他的机器。它的外形和专利档案上描述的差不多。"你知道工作原理吗？"

"斯坦利大概向我介绍过。"

于是他开始近乎疯狂地讲述一种叫熵的东西。这个词对他的意义就像是"特莱斯特罗"对俄狄帕一样。但它对她来说太技术化了。她确实记下了这种熵有两个完全不同的种类。一个和热机相关，另一个和通讯相关。在30年代，其中一个的公式曾经和另一个很相似。那只是偶然。两个领域完全不相关，只在一点上例外：麦克斯韦尔的妖精。当妖精坐下开始把他的分子群按冷热分类，系统据说会熵减。但这种损失被妖精得到的关于那些分子位置的信息平衡了。

"通讯是关键。"奈法斯提斯叫道。"妖精把他的数据传给敏感人，敏感人必须以相同的形式回复。那个盒子里数不清有多少亿万的分子。妖精收集了每个分子和所有分子的数据。他必须在某个深深的通灵层面得到突破。敏感人必须收到那令人吃惊的全套能量，并且给予包含相同数量信息的回馈。这样才

1　美国20世纪60年代流行的一种舞蹈。

101

能让一切继续循环。我们在世俗层面能看到的只是一个应该在运动的活塞。一个与所有那些海量信息相对抗的小小运动，在每个动力冲程中被一次次消灭。"

"不好意思，"俄狄帕说，"你没让我搞明白。"

"这么说吧，熵是一种修辞技法，"奈法斯提斯叹道，"一种隐喻。它将热动力学的世界与信息流动的世界联系起来。这两者我的机器都使用。妖精不光让这个隐喻在言辞上形式优美，而且让它在客观上也真实。"

"但是，"她感觉自己像个异端分子，"假如妖精能够存在仅仅是因为两个公式看起来相似，那又会如何？是因为有这个隐喻？"

奈法斯提斯微笑了；无动于衷，安详，一个信仰坚定的人。"在有隐喻的年代之前很久，他就为克拉克·麦克斯韦尔而存在了。"

但克拉克·麦克斯韦尔曾经是这样一个对他的妖精的存在充满如此狂热的人吗？她看着盒子上的图片。克拉克·麦克斯韦尔是侧影，不愿面对她的眼睛。他的前额是圆滑的，脑袋后面有一个奇怪的突起，被鬈发覆盖着。能看见的那只眼睛看起来温和而不置可否，但俄狄帕不知道在深夜里，他那张藏在络腮胡子下面只留下细微阴影的嘴会制造出什么难题、危机和惊吓。

"看图，"奈法斯提斯说，"把注意力集中到一个汽缸上。别紧张。如果你是个敏感人，你会知道是哪个汽缸。保持心灵敞开，欢迎来自妖精的信息。我会回来。"他回到了电视机前面，此时正在播放动画片。过了两集《瑜伽熊》，一集《大猩猩马吉拉》和一集《荷马彼得》，俄狄帕一直坐着，盯着克拉克·麦克斯韦尔的侧影，等待着妖精开始交流。

小家伙，你在吗？还是说奈法斯提斯在耍我？俄狄帕问妖精。除非一个活塞运动了，否则她绝不可能知道。克拉克·麦克斯韦尔的手在照片上被切掉了。他可能拿着一本书。他望着远方维多利亚时代的英格兰景象，那儿的光已经永不能回还。俄狄帕的焦虑在增长。他似乎在络腮胡子下面开始了还很微弱的微笑。他的眼神显然已经变化了……

还有那儿。在她视野所及的最顶端：右边的活塞好像是动了，那么一点点？她不能直接去看，因为指示说她要注意的是克拉克·麦克斯韦尔。几分钟过去了，那些活塞依然在原处凝固不动。电视里传来尖声尖气的喜剧化的声音。她看见的只是视网膜抽搐，一个错误发送讯号的神经细胞。真的敏感人确实看到了更多？她在身体深处感到一种越来越强的担忧，怕什么都不会发生。为什么要担忧呢？她担忧着；奈法斯提斯是个精神病人，别提了，一个真诚的精神病人。真的敏感人就是一个能分享此人幻觉的人，如此而已。

如果他们能够分享，那会是多么精彩。她又尝试了十五分钟；重复说着，如果你在，不管你是什么，向我显身，我需要你，快快显身。但是什么也没有发生。

"抱歉，"她叫起来，带着令人惊讶的沮丧得将要哭起来的神情，声音撕裂似的，"没道理。"奈法斯提斯走过来，用一只手臂搂住她的肩膀。

"没事儿，"他说，"请别哭。到沙发上来。马上就要播新闻了。我们可以在那儿做那件事。"

"那件事？"俄狄帕说。"做哪件事？什么事？"

"性交。"奈法斯提斯回答。"今晚可能会有关于中国的新闻。我喜欢在他们报道越南时做，但中国是最好的。你想想那么多中国人。熙熙攘攘的。丰盈的生命。让性交也变得更加性感，对吧？"

"天哪。"俄狄帕尖叫着逃跑，奈法斯提斯在她身后黑暗的屋子里打着响指，带着一种"哦小妞，那就这样吧"的调皮态度，无疑也是从电视上学来的。

"代我向老斯坦利问好。"他叫道。此时她急速冲下台阶走上街道，推开了她车牌照前面的一个戴头巾的老太太，驾车沿电报街带着刺耳的尖叫声离去。她多少处于下意识的驾驶模式，直到一个开着一辆野马跑车、也许掌控不住他的车带来的新鲜活力的敏捷男孩差点把她撞死，她才意识到自己已经身处高速公路，直奔湾区大桥，再也无法掉头。此时正是下班高峰。俄狄帕被眼前的场面所震惊，因为她以为这样的车流只在洛杉矶那样的地方才有。几分钟后，她在桥拱最高点看见了烟雾。是烟霞，她纠正自己，就是烟霞。旧金山怎么可能有烟雾？根据民间转说，只有很南的地方才会开始有烟雾。一定是因为太阳的角度。

在一个夏夜，在一个人在一条美国高速公路上可能经历的精疲力竭、流汗、强光和不悦之中，俄狄帕·玛斯沉思着她的特莱斯特罗问题。圣纳西索的所有静默——旅馆泳池平静的睡眠，形似日式庭院沙地耙迹的沉思的居住区街群——都不曾允许她进行在这种高速公路疯狂中得以进行的休闲式思索。

对于约翰·奈法斯提斯来说，当你把两种熵，热动力的和信息的，写成公式时，它们的相似可以说是巧合。但他在麦克斯韦尔妖精的帮助下已经让他的纯粹巧合值得尊重。

此时此地，俄狄帕面对着一个天知道分为多少部分的隐喻：肯定是多于两部分。对于她这些天里在任何地方都寻找得到的接踵而至的巧合，她只能用一个声音，一个词语——特莱斯特罗——把它们集合起来。

对于它，她知道几点：它曾经反对欧洲的索恩和塔克西斯邮政系统；它的标志是一个带弱音器的邮递号角；在1853年之前的某个时候，它在美国出现，作为黑衣暴徒或扮作印第安人，与小马快递和威尔斯法戈竞争；它时至今日依然存在于加州，作为一种通讯渠道，为非正统性取向之人、相信麦克斯韦尔妖精存在的发明家服务，其中可能包括她自己的丈夫，马丘·玛斯（但是她很久以前便丢弃了马丘的信，无法让成吉思·科恩检查邮票，所以如果她想确认，就必须问马丘本人）。

特里斯特罗或者确实凭自身之力存在过，或者是俄狄帕的猜测，也许是幻想，如此令她着迷，并且渗透进了死者的产业。在旧金山这边，远离那个产业的一切实体财产，可能还有个机会能够让这一切过去，安静地解体。她只是今夜必须放任自流，以随机的方式，看到一切如常，以此来说服自己它只是纯粹的焦虑，是可以由她的缩头师治疗的小恙。她在北沙滩从高速公路上下来，随性行驶，最后停在了被仓库环绕的一条小街上。然后沿着百老汇街步行走进夜晚第一个人群。

但不到一个小时，她便看见了一只带弱音器的邮递号角。她在一条满是穿着罗斯和阿特金斯[1]西服的老男孩的街上漫步，撞上一群正吵嚷着走下一辆"大众"公共汽车、正要去旧金山若干夜生活场所的旅游团成员。"让我把这个给你别上，"一个声音在她耳边说，"因为我要走了。"接着她发现一个大红名牌被别在了一侧胸前，上书："你好！我的名字是阿诺德·斯纳布！我在找乐子！"俄狄帕四处张望，发现一张红润的脸眨了眨眼便消失在穿无垫肩西装和条纹衬衫的人们之中，阿诺德·斯纳布就这么走了，去找更好的乐子了。

有人吹响了田径哨，俄狄帕发现自己被其他也佩戴名牌的人裹挟着前往一家名叫"希腊之道"的酒吧。啊，不，俄狄帕说，别是个同性恋场所，千万别；她一度试图从人流中挤出来，但随即想起自己已经决定今夜放任自流。

"此时此地，"褴褛领子正被汗迹污染的向导向他们通报，"你们会看见第三性别的成员们，这座湾区城市因其而著名的

1　20世纪中后期旧金山的一家高档男装连锁店。

淡紫色[1]人群。对你们其中一些人来说，这种经验可能会有点古怪，但记住，别让自己看起来像是一群游客。假如有人跟你搭讪，那纯粹是求欢，这是著名的北沙滩这儿特有的同性恋夜生活的一部分。喝两杯，当你听到哨声，意思就是该走了，赶快的，假如你们表现好，我们接下来会去菲诺切诺俱乐部[2]。"他吹了两声哨，游客们爆发出一阵吆喝，顺带着把俄狄帕送进了里面，一起狂热地冲向吧台。当一切安定下来时，她手中攥着一杯不知名的饮料站在门边，对面挤着一个穿山羊皮运动外套的高个子。在外套的衣领上，她窥见了一个用某种苍白闪光的合金精心制作的东西，不是另一个红名牌，而是一枚特莱斯特罗邮递号角形状的胸针。加了弱音器，一切齐全。

好吧，她自忖着。你失败了。一次进局试探[3]，花了一小时。她本应当时就离开，回到伯克利，回到旅馆。但没能做到。

"假如我告诉你，"她对胸针的主人说，"我是一个索恩和塔克西斯的代理，你会怎么想？"

"什么？"他答道，"这是剧院机构之类的东西吗？"他双耳硕大，头发被理得贴近头皮，脸上有粉刺，好奇而空洞的双

1　或称薰衣草色，是女性红和男性蓝的混合，并表示从一种形态到另一种形态的转变，常常作为同性恋／双性恋／变性人人群及其相关社会运动的标志，该运动以20世纪60年代为盛。

2　旧金山著名俱乐部，以异装表演知名。

3　桥牌术语。

眼此时短促地扫向俄狄帕的胸部。"你怎么会有阿诺德·斯纳布这样的名字？"

"假如你告诉我你的胸针是从哪儿来的话……"俄狄帕说。

"抱歉。"

她想继续骚扰他："假如那是同性恋标志之类的，我不会感到厌恶。"

那双眼睛毫无表示。"我不搞那一套。"他说。"你也不是。"他转过身去，把背朝向她，然后要了一杯饮料。俄狄帕把自己的名牌摘下来，放进烟灰缸，然后尽力不露出歇斯底里的心情，安静地说：

"你看，你得帮助我，因为我真的相信我疯了。"

"你找错了组织，阿诺德。跟你的神父说去。"

"我用美国邮政，因为以前从没人教我用别的，"她恳求道，"但我不是你的敌人。我不想是。"

"做我的朋友如何？"他在高脚凳上旋转过来，又和她面对面了。"你想当这个角色吧，阿诺德？"

"我不确定。"她想她最好还是说出来。

他望着她，面无表情。"你到底知道些什么？"

她把一切和盘托出。为什么不？毫无保留。等说完了，游客们已经被口哨召走了，而他买了两次饮料，俄狄帕买了三次。

"我曾经听说过'柯比'，"他说，"那是个代号，不是真人，但其他的我都没听说过。海湾对面你的那个有中国癖的人，还有那部恶心的剧作，都不是真的。我从没想到它还有一段历史。"

"除了这些我什么都没想。"她带着些许哀怨说道。

"还有，"他挠着头上的短毛说，"你没有其他人可以诉说这件事，只有酒吧里连名字都不知道的人？"

她不愿正视他。"我想是没有。"

"没有丈夫，没有缩头师？"

"都有，"俄狄帕说，"但他们不知道。"

"你不能告诉他们吗？"

她终于和他虚无的双眼对视了一瞬，然后耸耸肩。

"那我来告诉你我知道些什么吧。"他做出了决定。"我戴这枚胸针表示我是IA的成员。IA是无名恋爱者的意思。一个恋爱者就是一个正在恋爱的人。那是一种最坏的嗜好。"

"假如有人将要坠入爱河，"俄狄帕说，"你会去陪他们坐坐或是做点什么别的吧？"

"对。目的就是到你不需要它的地方。我很幸运。我年轻时就戒了。但是有六十岁的老头，信不信由你，还有更老的老太太，晚上会尖叫着醒来。"

"那么，你就会召开会议，就像匿名戒酒会[1]那样？"

"不，当然不是。你得到一个电话号码，一个你可以拨打

---

1 国际性互助戒酒组织，在活动中，酗酒者以匿名方式互相分享各自的经历、力量和希望，以达到戒酒的目的，保证自己不再嗜酒，同时也帮助其他人戒酒。此外，所有成员对外亦均保持个人的匿名。

的应答服务电话。也是没有人知道其他人的名字，只知道号码，以防情况太糟你因此独自处理不了。但我们都是孤立的人，阿诺德。开会就破坏了它的全部意义。"

"那么来陪你坐坐的人怎么办？假如你和他们坠入爱河的话？"

"他们会离开。"他说。"你只会见到他们一次。他们是应答服务派来的，他们会很注意，不会再次出现。"

邮递号角与他们有何干？那要从公司的成立说起。60年代初，一个住在洛杉矶附近、职位在公司体系中高于监工但低于副总的悠游达因经理主管，发现自己在三十九岁时因为自动化而丢了工作。这位经理主管自七岁起便接受严苛的只以当总裁和死亡为终极的末世论教育，受过的训练只是在他不理解的特殊备忘录上签名和为了特殊计划因为特殊原因失败导致的混乱状况而遭受训斥，而这特殊原因还得由人先解释给他听，有鉴于此，这位经理主管当时最初的想法自然是自杀。但早先的训练还是占了上风：他必须先听取一个委员会的想法，才能下这个决定。他在《洛杉矶时报》的个人栏里发了个广告，询问是否有人也有过同样情况然后找到了不自杀的好理由。他精明地假定，已经自杀的人们当然无法响应，剩下的自然都是更合理的建议。这个假定是错误的。在用他的日本妻子作为分手礼物（她在他丢了工作的次日离开了他）送给他的日本造小望远镜焦急地观察了邮箱一周但只收到每天中午照常送来的骗募信件后，他被一阵急促的敲门声从一个醉醺醺的关于从四重立交桥¹上跳进高峰车流的黑白梦境中惊醒。那是一个周日黄昏。他打开门，发现一个戴着针织帽子、一只手是个钩子的年迈流浪汉，他给了他一捆信件，一声未吭便溜了。绝大部分信件是自杀未遂者写来的，未遂的原因是笨手笨脚或是最后一刻的胆怯。但他们中没有一个能够给出继续活下去的有说服力的理由。这位经理主管依然犹豫：他又花了一周的时间在纸上分"优点"和"缺点"两栏写下了要和不要他的"布洛迪"²的理由。他发现假如没有什么契机来触发，他不可能做出任何清晰的决定。最后有一天，他注意到了《纽约时报》的一篇头版文章，上面配发了一张美联社的电传照片，是关于一位为抗议政府政策而自焚的越南僧人的³。"妙极了！"经理主管脱口赞叹。他走进车库，把他别克车油箱里的所有汽油都吸了出来，穿上他的"扎卡里艾尔"⁴西装和马甲，把那些不成功的自杀者寄来的信件全部塞进一件大衣的口袋，走进厨房，坐在地板上，用汽油把自己淋透。他正要用陪伴自己穿过诺曼底⁵的灌木篱墙、阿登森林、德国和战后美国的忠实的芝宝火机的打火轮擦出最后一个火花，这时听见前门钥匙响，还有人声。是他妻子和某个男人，他很快就发觉后者正是那个导致他被一台IBM 7094⁶

---

1 此处特指洛杉矶城区US101和SR110号公路的交接处，是全球第一个多重立交，于1953年开通。
2 斯蒂夫·布洛迪于1886年跳下纽约的布鲁克林桥并且幸存，此处指冒生命危险，这一用法在品钦的第一部小说《V》中也曾出现。
3 此处应指越南僧人释广德于1963年6月11日在西贡街头的自焚。
4 洛杉矶一家服装店的名字，在20世纪50年代开业，后以电视广告知名。
5 原文为"诺曼尼"，被认为是拼写错误。
6 20世纪60年代最先进的计算机之一。

代替的悠游达因的效率专家。因为感到很讽刺，他坐在厨房里继续偷听，让领带像灯芯般浸在汽油里。根据他能听到的，效率专家像在起居室的摩洛哥地毯上和他妻子性交。妻子没有表示不愿意。经理主管听见了淫笑、拉链拉下、鞋子掉地、喘粗气和浪叫的声音。他把领带从汽油里捞出来，开始窃笑。他合上了火机盖子。"我听见有笑声。"他的妻子随即说。"我闻到有汽油味。"效率专家说。二人赤裸着身体、拉着手走到厨房。"我本来是要效仿僧人的。"经理主管解释道。"就这件事几乎花了他三周，"效率专家叹道，"来做决定。你知道IBM 7094要花多长时间吗？十二毫秒。怪不得你被取代了。"经理主管仰头大笑了足有十分钟，其间他的妻子及其情人，在惊吓中退却，穿上衣服出门找警察去了。经理主管脱下衣服，洗了淋浴，把西服挂在绳上晾干。接着他注意到一件奇怪的事。他西服口袋中一些信件上的邮票几乎变成了白色。他意识到应该是汽油溶解了印刷油墨。他闲来无事，便揭下了一张邮票，随即突然发现了加了消音器的邮递号角的图案，他手上的皮肤纹理在水印上清晰显现。"这个东西是，"他轻声说道，"一个标记。"假如他信教的话，此时想必已经跪倒在地。事实上，他只是郑重声言："我最大的错误是爱。从今日起，我誓言远离爱：异性的、同性的、双性的、狗或猫的、车的，所有一切类型。我会发起一个孤立人的协会，专用于这个目的，而几乎毁灭我的汽油所显现的这个标记，会是它的徽记。"他践行了这一声言。

此时已经喝醉的俄狄帕说："他如今在哪儿？"

"他是无名氏。"无名恋爱者说。"你为何不通过你的WASTE系统给他写信呢？就写给'IA的创始人'。"

"但我不知道如何使用它。"她说。

"想想看，"也醉了的他继续说，"一整个地下世界的自杀失败者，都通过那个秘密投递系统保持着联系。他们彼此会说什么呢？"他摇晃着脑袋，微笑着，跌跌撞撞地离开了高脚凳去卫生间，消失在了稠密的人群中。他没有回来。

俄狄帕坐着，目睹自己是一屋子喝醉的男同性恋中唯一的女性，感受到前所未有的孤单。我生活的故事中，她想，马丘不和我说话，希拉瑞斯不愿倾听，克拉克·麦克斯韦尔甚至不愿意正眼瞧我，而这群人，天知道。绝望向她压来，就像周边无人和你有任何性方面的相关性一样。她对那群人的情感范围的估量是从狂暴的怨恨（一个几乎还没成年的印第安人模样的孩子，无光泽的披肩发拢在耳后，穿着尖头牛仔长靴）到索然无味的猜测（一个戴着角质框眼镜的党卫军打扮的人盯着她的腿，试图判断她是不是易装癖），没有一个人能给她带来什么好事。于是她片刻之后便起身离开了希腊之道，再一次进入城市，被感染的城市。

随后，她花费了剩余的夜晚寻找特莱斯特罗邮递号角的图案。在中国城一家保健品店黑暗的橱窗里，她认为自己在一些表意文字中间的一个标牌上看见了它。但街灯太暗。后来，她在人行道上见到了用粉笔画的两个图案，它们相距二十英尺。它们之间是一组复杂的方框，有的里面写着字母，有的写着数字。孩子的游戏？地图上的地方？来自某段秘密历史？她把图案临摹进了备忘录。当她抬起头时，一个男人，也许是一个男人，穿着黑西服，站在半个街区外的一个门口，观察着她。她想她看见了一个牧师，但不想冒险；回头走上来路，脉搏如雷鸣。前方街角上有公共汽车停下，她奔跑着赶过去。

在此之后，她一直都在乘车，只是偶尔下车走走，以保持清醒。她梦中的碎片都是关于邮递号角的。此后，她可能难以把这个夜晚分为真实的和梦境中的了。

在夜晚洪亮乐谱里的某个无限段落中，她意识到她会是安全的，因为有一种事物，或许只是她呈线性消退的醉意，能够保护她。这座城市是她的，使用着之前没有用过的特殊文字和图像（大都会、文化、缆车[1]）去构成和打扮：今夜她有安全通道通向它那些远端的血管支脉，它们是小得只能窥视的毛细血管，或是在不知羞耻的城市吻痕[2]中被压扁在一起的血管，就在皮肤表面，除了游客谁都能看见。今夜没有什么能触动她，也没有什么触动了她。符号的重复已经足够了，也没有创伤或许能从她的记忆中衰减或者甚至让她驱散它的存在。她本来就打定主意要记住。她如期面对了那个可能性，从高层阳台上看玩具般的街道，乘坐过山车，在喂食时间走入动物园的野兽的中间——一切能用最简单的姿态去完满完成的死亡心愿。她触碰了它妖娆的疆域，明白屈服于它会是一种超越梦境的优美；它不是重力牵引、弹道法则或野性掠夺，它许诺了更多的愉

1　旧金山著名的公交工具，是该市的重要旅游标志。
2　或称紫斑，是在人体皮肤表面吮吸的负压引发毛细血管破裂所致。

悦。她已经尝试过了它，带着战栗：我确实打算要记住。每一条来到的线索都应该有它自己的清晰度，它自己走向永恒的良好机会。但接着她想知道这些珍宝般的"线索"是否只是某种补偿。用来补偿她丢失了那个直接的、癫痫病发作时吐露的词语，那声可以消灭夜晚的呼喊。

在金门公园，她路过一圈穿着睡衣的小孩子，他们告诉她他们正在梦见集会。但这个梦和醒着其实并无不同，因为早晨他们起床时会感到疲倦，就好像几乎一夜未眠。他们的母亲以为他们出门玩耍了，其实他们蜷缩在邻家的橱柜中，在树上的平台上，在绿篱中偷偷掏空的窝里，沉睡着，把这几个小时补上。夜晚对他们来说没有恐怖，在他们围成的圈子中央有一丛想象的火焰，他们除了自己坚不可破的集体感之外，什么也不需要。他们听说过政邮号角，但对俄狄帕在人行道上看到的粉笔画游戏一无所知。你只用了一个画面，它是个跳绳游戏，一个小姑娘解释道：你双脚交替踩在圈子里，喇叭口，弱音器，而你的女伴正在唱着：

特里斯托，特里斯托，一,二,三,
从海的那边让出租车转向……

"你们的意思是索恩和塔克西斯[1]？"但他们从没听说过这

1　索恩和塔克西斯原文发音近似于英语中的"转向"和"出租车"。

两个词，继续在一团看不见的火焰前暖着他们的手。俄狄帕为了报复，再也不信他们了。

在第二十四街一家通宵营业的墨西哥小饭馆里，她找到了自己的一段过去，它来自一个叫赫苏斯·阿拉巴尔的人。他坐在电视机下面的角落里，懒散地用一只鸡爪搅拌着他那碗浑浊的汤。"嗨，"她对俄狄帕打招呼，"你是那位马兹特兰的女士。"他招呼她坐下。

"你什么都记得，"俄狄帕说，"赫苏斯，甚至包括游客。你的CIA怎么样了？"这个词并非你以为的那个单位[1]，而是指无政府主义造反者祈祷会，可以追溯到弗洛莱斯·马贡兄弟[2]的时代，后来还与萨帕塔[3]有过短期结盟。

"你看，我正在流放之中。"他边说边对周围挥手。他和一个尤卡坦人一起经营这家饭馆，而那人依然相信革命。他们的革命。"说说你吧。你还和那个在你身上花了太多钱的美国佬在一起吗？那个寡头政治家，那个奇迹？"

"他死了。"

"啊，可怜的。"他们曾经在海滩上遇见过赫苏斯·阿拉巴尔，他曾在那儿宣布过一次反政府示威。没人到场参加。于是他开始跟印维拉蒂搭讪，为了忠于他的信念，必须了解他的敌人。皮尔斯面对恶意保持中立，对阿拉巴尔无可奉告；他非

1　意指中央情报局。
2　20世纪初的三位墨西哥政治家。
3　20世纪初墨西哥革命中的重要人物，农民起义领导者。

常好地扮演了一个富裕而讨厌的美国佬，以至于俄狄帕看见那位无政府主义者的前臂上起了鸡皮疙瘩，而当时并没有太平洋的海风。当皮尔斯离开去冲浪之后，阿拉巴尔问她他是不是性情如此，或者他是个间谍，或者是在拿他开玩笑。俄狄帕没有理解。

"你知道什么是奇迹。不是巴枯宁[1]说的那种，而是说另一个世界对这个世界的入侵。绝大部分时间我们和平共存，但我们一旦接触，就会有灾变发生。就像我们仇恨的教会一样，无政府主义者也相信另一个世界。在那儿，革命在没有领导的情况下自然爆发，灵魂具有的达成共识的天才使大众能够轻松协作，就像身体自身一样自动化。不过，夫人，假如真有革命这样完美的爆发，我也会惊呼为奇迹。一个无政府主义的奇迹。就像你的朋友。他毫无疑问就是我们斗争的对象，没有一点偏差。在墨西哥，总有一定比例的特权阶级被拯救——人们的一部分。这算不上奇迹。但你的朋友，除非他是在开玩笑，否则我见到他就像印第安人见到圣母一样恐惧。"

在后来的几年中，俄狄帕记得赫苏斯，因为他看到了她没能在皮尔斯身上看到的那一面。就好像他们二人在进行某种和性无关的竞争。如今，喝着来自尤卡坦人炉子后炉眼[2]上陶土罐里浓稠微温的咖啡，聆听着赫苏斯谈论阴谋，她想知道，假如没有皮尔斯的奇迹让赫苏斯鼓起勇气，他可能会最终脱离

---

1 19世纪俄国革命家和无政府主义者。
2 美国炉子一般分两排，前排一般烹制需要及时搅拌的食物，靠墙的后排烧煮无需经常照看的食物。

CIA，和其他人一样加入了占大多数席位的革命制度党[1]，根本无需逃亡。

那个死人，像麦克斯韦尔的妖精一样，在一个巧合中充当了联系物。要是没有他，她和赫苏斯都不可能出现在此时此地。一个加了密的警告已经足够了。今夜，是偶然吗？于是她的眼光随即落到一卷古老的无政府主义报纸《再生》[2]上。出版日期是1904年，邮戳边上并没有邮票，只有一个手绘的邮递号角图案。

"这报纸刚到。"阿拉巴尔说。

"它们真的在邮路上花了那么长时间？我的名字取代了某个去世订户的名字？真的花了六十年时间？这是一份重印版吗？当然这都是无聊问题，我只是个小卒子。高层有他们的理由。"她带着这个想法重新回到了黑夜中。

在比萨饼店和游乐场都打烊很久之后，她来到了城市海滩，未受任何骚扰地走过一片由不良分子组成的飘移着的、梦境般的云，他们穿着夏天的轻便帮派夹克，上面绣着邮递号角的标记，在当时的月光下仿佛是纯银的。他们都一直在抽烟、吸鼻烟、注射什么东西，也许根本就没看见她。

当她坐在满满一公交车到城市各处上夜班[3]的黑人之中，看见一个椅背后面被人刻上了邮递号角，以及DEATH这一

1　墨西哥革命后长期执政的党。
2　马贡兄弟于1900年创办的墨西哥无政府主义报纸，是墨西哥自由党的官方媒体，1905年被迫迁往美国。
3　此处指从午夜至早晨八点的轮班工作。

图案的说明，它们在明亮而烟雾缭绕的车厢里闪着光。但与WASTE不同的是，有人不厌其烦地用铅笔添上了：千万别和邮递号角对抗。

在菲尔摩[1]附近，她发现那个符号被钉在一家洗衣店的公告牌上，在各种写着提供便宜熨烫和看孩子服务的小纸条之中。如果你明白这个符号的含义，便签上说，你就知道去哪儿获得更多信息。在她周围，漂白液的气味向空中发散，就像烧香。一台台机器吱嘎响着剧烈地晃荡。只是对于俄狄帕来说，这个地方已被废弃，一只只白炽灯泡似乎在尖叫出白色，接受着它们的光线所及的一切事物的专注奉献。这是个黑人聚居区。邮递号角也是如此专注吗？假如问这个问题，是否算是和邮递号角对抗？她又能去问谁呢？

她整夜都在各趟公交车上聆听各台晶体管收音机播放"金曲两百"中排名靠后的那些曲目，那些不可能变得流行起来的作品，它们的旋律和歌词假如不唱出来的话，可能会消亡。一个墨西哥姑娘试着在发动机咆哮的噪声里听其中一曲，跟着哼唱，就好像她一直都记得它似的，并在她呼到车窗上的水汽上画出邮递号角和心的图案。

在远郊的机场，俄狄帕自觉无人注意，偷偷观看一场扑克游戏，那个屡输的人每次都把输的数目一丝不苟地写进一本内饰着潦草邮递号角标记的小账目本。"伙计们，我的平均收益

---

1 旧金山著名的音乐场馆。

率是99.375%。"她听见他说。其他人,陌生人,看着他,有的面无表情,有的感到不快。"这是二十三年来的平均值。"他继续说着,勉强露出一丝微笑。"不过那个小百分比总是在收支平衡点的错误一侧。二十三年了。我从来也没能胜出过。我干吗不金盆洗手呢?"无人回应。

在一个卫生间里有一张广告,来自AC-DC,也就是阿尔梅达县[1]死亡崇拜,上面还有一个信箱号和邮递号角。他们会从那些清白的、有德的、融入社会并且如鱼得水的人当中挑选一些受害者,性虐他们,然后用他们献祭。俄狄帕没把信箱号抄下来。

要乘环球航空公司班机前往迈阿密的是一个笨手笨脚的男孩,他打算在夜晚潜入水族馆,和将要取代人类的海豚开始谈判。他正在用舌头充满激情地亲吻母亲以示告别。"妈妈,我会写信的。"他不停地说。"用WASTE发信,"她说,"记住了。如果你用别的方式,政府会拆信检查。海豚们会被激怒。""妈妈,我爱你。"他说。"爱海豚。"她忠告他。"用WASTE发信。"

一切就这样进行着。俄狄帕扮演了偷窥狂和聆听者的角色。她的其他不期而遇涉及一个面部畸形的焊接工,他喜欢自己的丑陋;一个在夜晚游荡的孩子,想念着出生前的死亡,就像一些浪子想念家园可亲而安详的乏味;一个一侧脸蛋上的婴

1　美国加州县治,位于湾区东部。

儿肥有条花纹杂乱的伤痕的黑人妇女，不断以各种各样的理由故意将流产作为一种仪式，就像其他人以生产为仪式一样，只不过所专注的不是连续性而是停顿期；一位小口嘬着一块象牙牌肥皂[1]的衰老的巡夜人，他那已被训练成大师级水平的胃还能接受护肤液、空气清新剂、织物、烟草和蜡，绝望地期待着能吸收一切，一切的承诺、多产、背叛、溃疡，直至无可挽回；甚至还有另一个偷窥狂，在城市还亮着灯的窗户的其中一扇外面吊挂着，寻找着无需言说的特殊画面。装饰着每一次异化和每一个退缩物种的，竟然都会有邮递号角，就像袖扣、贴花和毫无目的的乱画。她已经期待着它的出现，所以可能她实际看到它的频率没有她后来回忆的那么高。两三次其实就已经足够了，也许太多了。

她以乘坐公交和步行的方式进入了发亮[2]的早晨，放手把自己交给了鲜能遇见的宿命感。那个从圣纳西索勇敢驾车而来的俄狄帕又在何方？那个乐观的宝贝就像是古老的电台广播剧里的私家侦探，相信只需要勇气、智谋和对顽固警察所立规矩的豁免，便能解决任何大谜题。

但是私家侦探迟早会被攻击。充盈着邮递号角的这个夜晚，这种恶性而蓄意的重复，是他们攻击的手段。他们知道她的穴位，还有她乐观主义的神经中枢，他们正一个接一个地、

1　宝洁公司生产的系列肥皂名。
2　原词也可译为孕腹轻松，指怀孕末期，子宫落进骨盆，改变孕妇腹部形状，并使其较易呼吸的状态。

一次又一次地精确挤压，让她渐渐动弹不得。

昨夜，她可能还在好奇：除了她了解的那些之外，还有哪些秘密组织使用WASTE系统进行通讯？到日出时，她已经可以合理地询问还有哪些秘密组织不使用它。如果正如赫苏斯·阿拉巴尔几年前在马兹特兰海滩上所假设的，所谓奇迹就是另一个世界对这个世界的入侵，是宇宙台球之间的亲吻，那么这一夜的每一个邮递号角都应该如此。因为此处不知有多少居民蓄意选择不使用美国邮政进行通讯。这不是叛国行径，甚至算不上挑衅。但它是一种策划好的从共和国的生活及其机制中的撤离。即便因为仇恨、对他们投票能力的漠视、法律漏洞或是简单无知而导致的对他们的各种否定，这种撤离仍是属于他们自己的、未公布的、私人的。因为他们无法撤入真空（他们能做到吗？），他们不得不存在于这个分离的、寂静的、不被怀疑的世界中。

就在早班高峰前，她在市中心的霍华德街从一辆由一位老司机驾驶、每天蚀本经营的小公共汽车上下来，开始走向内河码头。她知道自己面容憔悴——揉过眼睛的指关节被眼线膏和睫毛膏染黑了，口中泛着陈酒和咖啡的味道。她的视线穿过一扇开着的门，在通向一幢被散发着消毒剂气息的曙光照亮的大屋的台阶上，看见一位老人瑟缩着，哆嗦着她那听不见的悲哀。两只灰白的手捂住了他的脸。在左手手背上，她看见了邮递号角，刺青的旧墨如今已模糊发散。她被迷住了，于是走进阴影，登上吱嘎作响的台阶，每一步都带着踌躇。当她离他还有三级台阶时，那双手突然分开了，他那毁坏的面容，和在暴突的血管间发光的恐惧眼神，止住了她的脚步。

"我能帮上忙吗?"她的语调因劳累而发颤。"我妻子在弗雷斯诺[1]。"他说。他穿着一件陈旧的双排扣西服，磨损的灰衬衫，打着宽领带，没戴礼帽。"我离开了她。很久以前，我记不起来了。这是给她的。"他把一封看似已经被他随身携带多年的信交给俄狄帕。"把它投到，"他说着，举起手上的文身，盯着她的双眼，"你知道的。我出不去。太远了。昨夜我过得很糟。"

"我明白，"她说，"但我刚来此地。我不知道它在哪儿。"

"在高速公路下面。"他挥手向她指点的是她之前去过的地方。"总会有一个，你会看到的。"他双眼随即闭上了。他在每个夜晚从这座城市的大部分居民每次日出醒来时都会再次充满美德地准备开犁的安全沟中滑脱之后，翻出了何种丰饶土壤，发现了何种同轴星球？无意中听到了何种声音？发光的神的碎片在壁纸上带着污渍的叶子装饰中被瞥见，点亮的蜡烛在他上空旋转，预示着他或者一位朋友有一天会抽着烟睡去，于是会在床垫上那些年来从每次噩梦盗汗、憋不住的满溢膀胱、邪恶而悲伤的遗精之梦里积攒起来的隐秘盐粒的火焰中死去，就像一个失踪者的电脑中的记忆存储器？她立刻被一种触摸他的需

1　美国加州县名。

要所征服，似乎假如不这么做，她就无法相信他或是记不住他。在精疲力竭而且不知自己在干什么的情况下，她走上最后三级台阶坐下，把男人揽入自己的双臂中，确确实实地搂住他，模糊的眼神顺着楼梯重新回到屋外的早晨。她感到胸前的潮湿，发现他又哭了。他呼吸缓慢，但却泪如泉涌。"我帮不上忙，"她一边摇着他一边低声说，"我帮不上忙。"此去弗雷斯诺路途遥远。

"是他吗？"她身后楼梯上传来一个声音。"那个水手？"

"他手上有个刺青。"

"你能把他带上来吗？就是他。"

她扭过头去，看见一个更老的男人，个子矮些，戴一顶高高的洪堡毡帽，对他们微笑着。"我想帮你，但我有点关节炎。"

"他必须得上去吗？"她问。"去你那儿？"

"女士，你说还能去哪儿？"

她不知道。她暂时放了他，虽然并不情愿，就仿佛他是她的亲生骨肉，而他抬头仰望着她。"加油。"她说。他伸出有刺青的手给她握住，二人便这样走上剩余的那段台阶，接着又是两段：手拉着手，慢慢走向患关节炎的男人。

"他昨晚消失了。"他告诉她。"他说要去找他老婆。这件事他时不时会做。"他们走过了一系列用低功率灯泡照明、用纤维板隔开的房间和走廊。老人僵直地跟随着他们。最后他说："到了。"

在小房间里，有另一套西服、几本宗教宣传册、一块小地毯和一把椅子。一幅画像，画着一位正为耶路撒冷的复活节灯盏把井水变成灯油的圣人。还有一只灯泡，已经坏了。床。床垫，等待着。她脑海中排练了一段她想演的场面。她会找到此地的房东，将他告上法庭，然后在罗斯和阿特金斯给水手买套新西服，还有衬衫，还有鞋子，最后给他去弗雷斯诺的车钱。但他随着一声叹息松开了她的手，而她正沉迷于幻想中完全没有察觉，似乎他知道放手的最好时机。

"把信寄了吧，"他说，"邮票已经贴了。"她看了一眼，发现是熟悉的洋红色八分航空邮票，图案是一架喷气机飞越国会大厦圆顶。但圆顶尖上站着一个深黑色的细小人形，双臂伸展。俄狄帕不确定国会大厦顶端应该是什么，但明白肯定不是这个样子。

"求你，"水手说，"现在就出发吧。你不该待在这儿。"她查看钱包，找到了一张十元和一张一元的钞票。她把十元给了他。"我会花在买酒上。"他说。

"别忘了你的朋友们。"关节炎患者盯着那张十元说。

"妈的，"水手说，"你干吗不先等他离开再给我？"

俄狄帕看着他在床垫上调整身躯让自己舒服些。满溢的记忆。A寄存器[1]……

"给我支烟，拉米雷兹，"水手说，"我知道你有。"

1　又称累加器，是计算机中央处理器中最重要的寄存器之一。

会是今天吗？"拉米雷兹！"她叫道。关节炎患者转动斑驳的头颈四处张望。"他快死了。"她说。

"谁又不是呢？"拉米雷兹说。

她记起约翰·奈法斯提斯谈论他的机器，和对信息的大规模破坏。所以，在这个水手的维京式葬礼[1]上，当这块床垫在他周围燃起火焰时：那编码储存的年复一年的无为，早夭，自我伤悲，真实的绝望，所有那些睡过它的人，无论他们的生活曾经如何，都将随着床垫燃尽，都会终结。她带着好奇盯着它。她仿佛是刚发现这个不可逆的过程。想到会失去这么多，哪怕只是属于这个水手个人世界的再无处追溯的幻觉数量，也足以令她惊讶。她知道，因为她曾经搂住过他，而他患有DT[2]。在这个缩写后面是一种隐喻，一种震颤谵妄，一次思维犁头颤抖着对犁沟的填平。那个能用水点灯的圣人，那个在回想时犯小错是因为上帝喘了口气的灵视者，那个在眼中将一切都按自己的中央脉搏感到欢愉还是威胁分为两个范畴的真正妄想狂，那个用双关语探测真理那古老恶臭的竖井和巷道的做梦者，他们都以同样的特殊相关性对那个词做出反应，或者不管在那儿的那个词是什么，作为缓冲，也要保护我们。那么，隐喻的作用方式便是对真理和谎言的一次刺探，取决于你所在的位置：内部，安全；或者外部，失败。俄狄帕不知自己的位

---

1 古代北欧习俗，将遗体放置在生前使用的船上一同焚化。
2 震颤谵妄，属于谵妄的一种，主要表现为酒瘾者在戒酒期出现的急性精神病状态，特征是意识错乱、定向障碍、偏执观念、妄想、错觉、幻觉、不安、注意力易转移、震颤、出汗、心率过速及高血压。

置。她颤抖着，从犁沟里跳了出来[1]，向侧面滑去，尖叫着滑过年代的纹路，去再次聆听她大学时第二个或第三个情人雷·格罗金在啊啊声和带切分音的舔洞声中对他大一微积分课的牢骚；天保佑这个有刺青的老头，dt^2[2]，也表示一个时间微分，一个小得快要消失的瞬间，当它再不能把自己伪装成一个如同平均值般平淡无奇的东西，当抛射体已经凝固在飞行中但速度依旧在抛射体内酝酿，当细胞在最活跃的时候被观察但死亡已在细胞内酝酿时，基于它的本质，其中的变化最终必须给予面对。她知道，假如说那个水手见过其他人从未见过的一些世界，那只是因为与低级双关语相对的有高级魔法，是因为DT必须给予dt超越已知太阳和用纯粹的南极大陆之孤惧制作的音乐的范围。但她完全不知道有什么能够保存她们，或者他。她告别了他，走下台阶，向着他告诉她的方向出发。她在高速公路下面没有阳光的混凝土基座间寻觅了一个小时，找到了酒鬼、流浪汉、娈童癖、妓女和行走的精神病人，但没有秘密邮箱。不过她最终在阴影中来到了一个有可翻开的梯形盖子的罐子前面，就是那种你扔垃圾的罐子：陈旧的绿色外表，大约四英尺高。可翻开的部分用手工漆着W.A.S.T.E.缩写。她必须走近细看，才能看见字母间的句点。

　　俄狄帕在一根柱子的阴影中坐下来。她可能是瞌睡了。当她醒来时，看见一个孩子正把一捆信投进罐中。她走过去，把

1　此处作者开始将犁沟的比喻转化为黑胶唱片上的音轨的比喻。
2　微积分符号，表示时间微分。

水手寄往弗雷斯诺的信投进去，然后又藏好自己继续等待。快到中午的时候，一个瘦高的年轻酒鬼拿着一个袋子出现了；打开箱子侧面一块板子上的锁，取出了所有信件。俄狄帕等他先走了半个街区，便开始跟踪他。起码，她庆幸自己想到要穿双平跟鞋。送信人"带"她穿过集市街，然后走向市政厅。在一条离市政中心太近以至于要被它石头般单调的开放空间传染上灰色的街道上，他与另一个送信人会合，交换了袋子。俄狄帕决定盯着她一直跟踪的那个人。她跟随他一路走过垃圾遍地、变幻莫测、吵吵嚷嚷的集市街，走上第一街，到达跨湾公交车站，他在那儿买了一张去奥克兰[1]的票。俄狄帕也照此办理。

他们的车驶过大桥，进入奥克兰午后庞大、空旷的光芒中。地形失去了所有的多样性。送信人在俄狄帕无法辨认的一片居民区下了车。虽然午后的昏昏欲睡令她难以坚持，但她还是跟随他在她完全不认识的街道上走了几小时，穿过一个个贫民区，爬上挤满二居和三居住宅的长长山坡，所有的窗户都只是毫无表情地反射着阳光。他的一袋子信一封封地送完了。最后，他登上了一辆驶往伯克利的公交车。俄狄帕继续跟随。在车爬了半条电报街之后，送信人下了车，"带"她沿街下行来到一家仿墨西哥式公寓。他不止一次回头观瞧。约翰·奈法斯提斯住在此地。她回到了她开始的地方，难以相信已过了二十四小时。应该更长些，还是更短些？

---

1 湾区东部城市，位于伯克利以南。

回到旅馆，她发现大堂里都是聋哑代表团成员，戴着派对帽，朝鲜战争时流行起来的中国部队皮帽的绸纸仿制品。他们每个人都醉醺醺的，其中几个抓住了她，想带她去参加大舞厅里的一个派对。她试图挣脱出这个无言作态的推推挤挤，只是身体太虚弱。她的双腿生疼，口中满是可怕的味道。他们把她推进了舞厅，在那儿，她被一个穿着哈里斯毛料[1]大衣的英俊的年轻男人揽腰搂住，在一盏没有点亮的巨大枝形吊灯下，在只有衣衫摩擦声的静谧中一遍遍地跳华尔兹，舞池里的每对舞伴都跳着自己想跳的：探戈、两步舞、波莎诺瓦、晃荡舞[2]。但是俄狄帕想，在彼此碰撞成为大碍之前，这状态能持续多久呢？肯定会有碰撞。唯一的解决方式是某种不可想象的音乐秩序，同时包含众多节奏、所有调式，某种预先指定的、每对舞伴都能轻松配合得天衣无缝的舞蹈。他们所有人都能用一种她已丧失的超常感觉听到某种声音。她听从着舞伴的引领，在年轻哑巴的紧抱中蹒跚行走，等待着碰撞的发生。但它并未发生。她被带着舞了半个小时，直到每个人只是接到来自舞伴的一个轻轻触碰，在神秘的默契中一齐停下来歇息片刻。赫苏斯·阿拉巴尔会称之为一个无政府主义者的奇迹。俄狄帕无心给它冠名，她已丧失斗志。她行了个屈膝礼，然后逃跑了。

　　次日，在无梦的十二小时睡眠后，俄狄帕结账离开了旅馆，开车沿半岛南下金纳莱特。她前一天已经决定了路线，并

<hr>

1　一种苏格兰产毛料。
2　起源于美国费城黑人社区的舞蹈，20世纪50年代后期开始流行。

且花时间考虑了去见她的缩头师希拉瑞斯医生并告诉他一切的想法。她很可能落到一个精神病的冰冷无汗的肉掌里。她亲眼证实了一个WASTE系统：目击了两个WASTE邮差、一个WASTE邮箱、WASTE邮票、WASTE邮戳。还有湾区无处不在的装了弱音器的邮递号角图案。但她希望这一切都是幻想——显然是她的一些创伤、需要和黑暗双生体导致的结果。她想要希拉瑞斯告诉她，她是个疯子，需要休息，并没有什么特莱斯特罗。她还想知道，为何它真实存在的可能性会如此令她感到威胁。

在日落片刻后，她把车开上了希拉瑞斯诊所的车道。他办公室的灯似乎没有亮着。从桉树的枝条间吹来一阵大风，向山下奔涌，被夜晚的海洋吸进去。她顺着石铺小径走了一半，被一只尖声划过她耳边的昆虫吓了一跳，随即听见一声枪响。那不是昆虫，俄狄帕正想着，听见另一声枪响，这才反应过来。在暗淡下去的光线中，她是很显然的靶子；唯一的路是通向诊所的。她冲向玻璃门，发现它们上了锁，大堂里一片黑暗。俄狄帕从花坛边抓起一块石头向门砸去。它弹开了。她正四下寻找其他石块，室内出现了一个白色形体，向门飘来，为她开了锁。这是赫嘉·布拉姆，希拉瑞斯以前的助理。

"赶快，"当俄狄帕溜进门时，她颤抖着说。这个女人几乎处于歇斯底里的状态。

"出什么事了？"俄狄帕问。

"他疯了。我想打电话报警，但他用椅子把接线板砸了。"

"希拉瑞斯医生？"

"他觉得有人在追杀他。"助理颧骨上有泪水蜿蜒流下。"他拿着那支步枪又把自己锁在办公室里。"俄狄帕记得那是一支格威尔四三[1]，来自战时，他留下作为纪念。

"他刚才对我开枪。你觉得会有人报警吗？"

"唉，他已经对半打人开过枪了，"布拉姆边回答，边领俄狄帕沿走廊来到她的办公室，"最好能有人报告。"俄狄帕注意到窗户朝一条撤退通道开着。

"你完全可以跑掉。"她说。

布拉姆正用杯子从洗手池水龙头接热水并把速溶咖啡倒进去，她抬起头，脸上带着疑问的神情。"他可能需要人帮忙。"

"是谁在追杀他？"

"他说是三个拿机关枪的男人。恐怖分子，疯子，我就知道这些。他开始砸电话交换机了。"她给了俄狄帕一个含着敌意的眼神。"太多的疯婆娘，这就是原因。金纳莱特不缺的就是这种人。他没法适应。"

"我已经离开有一阵了。"俄狄帕说。"也许我能找出原因。在他眼中我的威胁可能会小些。"

布拉姆被咖啡烫了嘴。"你要是告诉他你的问题，他会开枪打你。"

俄狄帕在他那扇她印象中从未关上的门外以笨拙的姿态站

1　第二次世界大战时德军装备的一种半自动步枪。

立了片刻，怀疑着自己的理智程度。为什么自己不从布拉姆的窗户里逃出去，然后从报纸上阅读故事的后续呢？

"谁在外面？"希拉瑞斯听到了她的呼吸或是别的什么，尖叫起来。

"玛斯太太。"

"愿斯佩尔[1]和他充满白痴的部门在地狱里永世腐烂。你能想象这些子弹会有一半都是瞎火的吗？"

"我可以进来吗？我们能谈谈吗？"

"我敢肯定你们都想这么干。"希拉瑞斯说。

"我没有武器。你可以搜我的身。"

"那时你会给我肋骨上来一记空手道砍劈。不用了，谢谢你。"

"你为什么抗拒我的每个建议呢？"

"听着，"希拉瑞斯过了片刻后说，"我在你眼中是个足够好的弗洛伊德学派吗？我是否曾经离经叛道很严重？"

"你不时会做鬼脸，"俄狄帕说，"但那没什么。"

他的回应是一阵长长的苦笑。俄狄帕等待着。"我尝试过，"门后的缩头师说，"把我交给那个人，交给那个脾气不好的犹太人的鬼魂。尝试在他写过的所有的字面真理中培植一点信仰，甚至包括愚蠢和矛盾。这至少是我能做到的，不是吗？一种苦修。

1　指阿尔伯特·斯佩尔，纳粹德国装备部长。

"我内心有一部分肯定真的想去相信——就像一个孩子在彻底的安全中聆听一个恐怖故事——潜意识就像其他任何一个房间，只要光能照进去。黑暗的形体只是变成了玩具马和毕德麦雅家具[1]。理疗过程终究会驯服它，把它带进社会而不用担心有一天会反复。我希望去相信，但我生活中的一切都不是那回事。你能想象吗？"

她不能想象，因为不了解希拉瑞斯在来到金纳莱特之前都做过什么。此刻她听见了远处的警报声，那种当地警察使用的电警报声，听起来像是活塞笛的声音用扩音系统播放出来，带着线性的顽固越来越响。

"是的，我听见他们了。"希拉瑞斯说。"你认为有谁能保护我不受这些疯子伤害？他们能穿墙而来。他们会自我复制：你逃脱了他们，刚转过街角，他们又在那儿，又向你扑来。"

"听我一句好吗？"俄狄帕说，"别对警察开枪，他们和你是站在一起的。"

"你的以色列人能搞到任何制服。"希拉瑞斯说。"我无法保证'警察'的安全。你能确定假如我投降的话他们会带我去哪儿吗？你不能。"

她听见他在办公室里踱步。神秘的警报声从夜晚的各个方向朝他们聚拢。"有那么一个鬼脸，"希拉瑞斯说，"是我可以做的，但是你从没见过，这个国家从没有人见过。我一生中只做过一

1　德国19世纪上半叶中产阶级艺术时期的家具。

次，也许今天中欧某个长了草的废墟里还活着一个见过它的年轻人。他如今应该和你的年纪差不多。他绝望得疯癫了。他名叫兹伊。你可以告诉'警察'，或者无论他们今晚自称为什么的那伙人，我能再做一次那个鬼脸吗？它的有效半径是一百码，能把所有不幸看到它的任何人驱进黑暗的地下牢笼，让其被可怕的形体包围，然后将盖子在他们头顶无可挽回地关严。谢谢你。"

警报声已经抵达了诊所前面。她听见车门的撞响、警察的叫喊，以及他们破大门而入的突然巨响。这时办公室门开了。希拉瑞斯揪住手腕把她拉进屋里，又把门锁上。

"那么我现在是人质了。"俄狄帕说。

"哦，"希拉瑞斯说，"是你啊。"

"那你以为你一直在和谁——"

"和谁讨论我的问题？和另一个人。有我，也有别人。你知道，因为有了LSD，我们发现区别在消失。自我意识失去了它们的锋芒。但我从没用过那种药。我选择继续保持相对的妄想狂，在那个状态下我至少知道我是谁和别人是谁。也许这也是你拒绝参加用药的原因，玛斯太太？"他保持肩枪姿势[1]，盯着她。"那好吧。我假定你是他们派来给我传信的。你本来想要说什么？"

俄狄帕耸耸肩。"承担起你的社会责任，"她提议，"接受现实准则。你寡不敌众，而且他们火力更强。"

---

1 一种持枪姿势，将枪用背带挂在肩上并立正。

"啊，寡不敌众。我们在那时也是寡不敌众。"他以腼腆的目光看着她。

"哪儿？"

"我做那个鬼脸的地方。我实习的地方。"

于是她对他所说的地方有了一个大致的估计范围，但为了更确切，她又问了一句："哪儿？"

"布痕瓦尔德[1]。"希拉瑞斯回答。警察开始砸办公室的门。

"他有枪，"俄狄帕喊道，"我在屋里。"

"女士，你是谁？"她告诉了他。"你的名字怎么拼？"他还问了她的住址、年纪、电话号码、近亲、丈夫的职业，这些都是为了新闻媒体。与此同时，希拉瑞斯正在书桌里翻找更多弹药。"你能劝服他吗？"警察想知道。"电视台的人想从窗外拍点素材。你能吸引他的注意力吗？"

"盯紧了，"俄狄帕建议，"我们试试吧。"

"你们都干得不错。"希拉瑞斯点头说。

"那么，你觉得，"俄狄帕说，"他们想把你送回以色列受审，就像他们对艾希曼[2]一样？"希拉瑞斯不住点头。俄狄帕问道："为什么？你在布痕瓦尔德干了些什么？"

"我的工作内容是，"希拉瑞斯告诉她，"用实验诱发疯狂。一个得精神病的犹太人就和死了没什么区别。自由派党卫军的

---

1 纳粹集中营之一，位于德国魏玛附近。
2 指阿道夫·艾希曼，纳粹高官，屠杀犹太人的主要负责人，第二次世界大战后逃亡南美，后被以色列特工捕获，受审后被绞死。

圈子认为这更人道。"于是他们开始把主题转向了节拍器、大蛇、午夜观看布莱希特的小故事、手术切除特定腺体、魔灯幻觉、新药、使用隐藏扬声器宣读的威胁、催眠术、倒走的钟和鬼脸。希拉瑞斯曾经负责鬼脸。"盟国的解放力量,"他回忆道,"在我们能收集足够数据前就到了,很不幸。除了一些精彩绝伦的成功,比如兹伊,我们还不足以用统计方法去得到一个方向。"他对她脸上的表情微笑着。"没错,你恨我,但我就没尝试过赎罪?如果我是真纳粹,我可能就选择了荣格,不是吗?但我选择了弗洛伊德,这个犹太人。弗洛伊德对世界的想象中没有布痕瓦尔德。按弗洛伊德的观点,一旦有光照进布痕瓦尔德,它就会变成一个足球场,胖孩子们会在绞刑室里学习插花和视唱。在奥斯维辛,焚尸炉会被改装来烤花色小蛋糕和婚礼蛋糕,而V-2导弹会被改装成给小精灵们住的公共住宅。我尝试过相信这一切。我每晚只睡三个小时,尝试着不做梦,花费另外二十一个小时去强迫接纳信仰,但我的苦修还是不够。他们像死亡天使般来抓我,虽然我已经尝试了这么多。"

"情况如何?"警察询问道。

"太奇迹了,"俄狄帕说,"假如没戏,我会告诉你的。"接着她看见希拉瑞斯把格威尔放在了他的书桌上,装模作样地穿过屋子去试图打开一个文件柜。她拿起了步枪,对准他,说:"我应该杀了你。"她知道他想让她拿到武器。

"这不就是你被派来做的吗?"他对她做出斗鸡眼,小心地伸出了他的舌头。

"我来，"她说，"是希望你能把我从一场幻想中劝说出来。"

"珍惜它吧！"希拉瑞斯大叫道。"你们任何人还拥有其他什么吗？紧紧抓住它的小触角，别让弗洛伊德这学者把它在你身上骗杀，或是药剂师把它在你身上毒杀。不管它是什么，紧紧护住它，因为当你失去它时，就等于投靠了他人。你开始停止存在。"

"快进来。"俄狄帕喝道。

泪水充满希拉瑞斯的双眼。"你不打算开枪吗？"

警察试图开门。"嘿，门锁着。"他说。

"撞开它，"俄狄帕吼道，"里面这位希特勒·希拉瑞斯会负责赔偿。"

门外，一大群紧张的警察举着并不需要的拘束衣和警棍靠近希拉瑞斯，三辆相互竞争的救护车尖叫着把车倒到草地上、寻找着位置，导致赫嘉·布拉姆在啜泣之余对着司机们骂脏话。这时，俄狄帕在探照灯和围观人群中看见了一辆KCUF的移动转播车，她的丈夫马丘在车里对着一个话筒滔滔不绝。她溜达着走过啪啪作响的闪光灯，把头探进车窗："嗨。"

马丘暂时按下了咳嗽按钮，但只是微笑。看起来很古怪。他们如何能听到一个微笑？俄狄帕小心翼翼地进了车，尽量不发出噪声。马丘把麦克风戳到她面前，含糊地说："你上线了，保持轻松就行。"接着，是他热情的广播语调："你对经历了这个可怕事件有何感想？"

"太可怕了。"俄狄帕说。

"太棒了。"马丘说。他于是引导她向听众简单介绍了办公室里发生的情况。"谢谢您，埃德娜·莫什太太，"他做了结语，"作为目击者您叙述了希拉瑞斯精神病症发生的戏剧性围困。这是KCUF第二移动报道小组，接下来你们会回到演播室，聆听'兔子'瓦伦。"他切断了信号。情况有点不对劲儿。

"埃德娜·莫什？"俄狄帕问。

"我在这些转播车上失实是可以的。"马丘说。"他们做后期时，一切都会得到纠正。"

"他们要把他带到哪儿去？"

"我猜是社区医院，"马丘说，"做观察。我想知道他们能观察到什么。"

"能观察到以色列人，"俄狄帕说道，"从窗口钻进来。如果没有，那就是他疯了。"警察们走过来，他们进行了一番对话。他们让她继续留在金纳莱特，以备可能的法律诉讼。过了好一阵子，她坐回租来的车里，尾随马丘回到了演播室。今夜他当班，负责一点到六点的播音。

当马丘在楼上办公室里用打字机敲出他的故事时，俄狄帕在吱吱闹响的电传室外的走廊里遇见了节目总监恺撒·芬齐。"很高兴你回来了。"他对她打招呼，显然是一时想不起她的名字了。

"哦，"俄狄帕说，"为什么这么说？"

"我直说吧，"芬齐吐露实情，"自从你走了之后，文德尔一直没有做自己。"

"那么，请问，"俄狄帕变得愤怒起来，因为芬齐是对的，"他做的是谁？林格·斯塔[1]？"芬齐退缩无语。"查比·切克[2]？"她一直追问着他走向门厅，"正义兄弟[3]？为什么告诉我这件事？"

"所有这些人都会，"芬齐边说边想藏起来，"玛斯太太。"

"哦，你可以管我叫埃德娜。你说的是什么意思？"

"背地里，"芬齐抱怨道，"他们管他叫N人兄弟。他失去了个人身份，埃德娜，我还能怎么说呢？文德尔一天比一天更不像他自己，越来越普通。他参加一个工作会议，那个屋子就会突然挤满了人，你明白吗？他是可以走动的一群人的集合。"

"那是你的想象。"俄狄帕说。"你又在抽那些没印标志的烟了。"

"你会明白的。别嘲笑我。咱们得拧成一根绳儿。除了咱们还有人关心他吗？"

她接下来独自坐在A演播间外的一张长凳上，听着马丘的同事"兔子"瓦伦播放音乐。马丘带着他的打印稿下楼来，一脸她从未见过的安详。他过去习惯佝偻着双肩，眼睛眨个不停，这两个习惯如今都消失了。"稍等。"他微笑了，然后向过道深处走去。她检视着他的背影，希望能看到虹彩、光环。

---

1 英国披头士乐队成员之一。
2 美国歌手。
3 美国流行演唱组合。

在他开播前，他们共处了一阵。他们开车去市中心的一家比萨店酒吧，透过一个大啤酒杯修长的金色杯身彼此相对。

"你和梅兹格处得如何？"他说。

"没有那回事。"她说。

"至少，不会再有那回事了。"马丘说。"当你对着麦克风说话时，能看出来。"

"观察力不错。"俄狄帕说。她看不透他脸上的表情。

"很棒，"马丘说，"所有这一切——别出声，听。"她并没有听到什么不寻常的声音。

"这首曲子里有十七把小提琴，"马丘说，"其中有一把——我听不出它在哪个位置，因为这儿是单声道，该死。"她这才意识到他是在谈论店里的背景音乐。自从他们来到此处，它一直以自身那种潜意识的、无法辨认的方式渗透着，它包括所有那些弦乐器、簧片和加了弱音器的铜管。

"怎么了？"她说着，感到焦急。

"它的 E 弦，"马丘说，"高了几度。他不可能是个录音室乐手。俄狄[1]，你觉得有人能够像做恐龙遗骨研究一样研究那根弦吗？只根据他在这个录音上的那些音符，研究出他的耳朵是怎么回事，还有他手掌和手臂的肌肉系统，最终，他的全部。天哪，那会很棒。"

"你为什么想这样？"

---

1 俄狄帕的昵称。

"他是个真人，不是合成出来的。他们要是愿意，可以省掉活人乐手，把所有泛音按照各自的强度结合起来，听起来就会像是一把小提琴。就像我……"他踌躇了一刻，瞬间露出光彩照人的微笑，"你会认为我疯了，俄狄。但我能够把同样的事倒过来做。聆听任何声音，然后把它重新分解。频谱分析，我脑子里会做这个。我能把和弦、音色，还有人声分解成基本频率和泛音，包括它们各不相同的响度，聆听它们，每一个纯粹的音，但是同时聆听所有这些音。"

"你是怎么做到的呢？"

"就好像我给每个音都单独开一个频道，"马丘激动地说道，"如果我需要更多频道，我扩展就行了。按需添加。我不知道具体原理，但近来我还能把这一套用在人们的谈话上。你说'富有，巧克力般的，精华'。"

"富有，巧克力般的，精华。"俄狄帕说。

"对。"马丘说完，陷入沉默。

"怎么样，有什么发现？"几分钟后，俄狄帕开口询问，声音含着进逼。

"有一天晚上我听'兔子'做广告时注意到了一点。不管是谁在说话，不同的能量频谱其实是相同的，只是增减很小的百分比。所以如今你和'兔子'有共通之处。甚至更多。说同一些词的所有人其实都是同一个人，假如频谱相同的话，只是发生的时间不同而已，你明白吗？但时间是随意的。你可以选任何你希望的位置作为基点，这样你可以调整每个人的时序直到他们重合。然后你就有了这么一个庞大的，天哪，可能是几亿人齐声说的'富有，巧克力般的，精华'，而他们用的都是同样的声音。"

"马丘，"她说，虽然不耐心，但也洋溢着狂野的怀疑，"这就是芬齐说你的到来让人感觉像是一屋子人到来的原因吗？"

"那就是我啊，"马丘说，"没错，每个人都是我。"他盯着她，也许带着其他人在性高潮中得到的那种和谐感一样，表情融洽、可亲、平静。她不了解这个人。恐慌开始从她脑中的某个黑暗区域爬出来。"如今我无论什么时候戴上耳机，"他继续说着，"我都真的很了解我在其中发现的。当'那些'孩子唱'她爱你'时，对，你明白吗，她确实爱，她是任何数量的人群，来自全世界，上溯到过去，不同的肤色、个头、年纪、体形、离死的距离，但她确实爱。而这个'你'是任何人，包括她自己。俄狄帕。人类的声音，你知道吗，是一个反复着的奇迹。"他双眼满含激情，反射着啤酒的颜色。

"宝贝，"她无助地说，明白自己对此完全束手无策，而且害怕他。

他把一只透明的小塑料瓶摆在了他们之间的桌上。她盯着瓶中的药片，随即明白了。"这是LSD？"她问。马丘以微笑作答。"从哪儿弄来的？"虽然已经知道答案。

"从希拉瑞斯那儿。他扩展了他的治疗计划，把丈夫们也包括进去了。"

"那么，"俄狄帕说着，尽量装出只是照本宣科，"你吃这药已经多久了？"

他确实记不起来了。

"但你有可能还没上瘾。"

"俄狄，"他困惑地望着她，"不会上瘾的。吃这个并不是因为你是瘾君子。你吃这个是因为它不错。因为你能听到和看到一些事物，甚至能闻到它们，尝到以前从未尝到的味道。就因为世界是如此丰饶，无边无际，宝贝。你就是一根天线，把你的特征信号在黑夜里发给一百万个生灵，而他们也是你的生灵。"他此时脸上是一副耐心、母性的表情。俄狄帕想给他嘴上来一拳。"歌曲，它们不光说了一些事物，它们本身就是事物，用纯粹的声音表达出来。一种新东西。而我做的梦也都变了。"

"哦，老天，"她狂暴得连连抚弄头发，"不再做噩梦了？好啊。那你最新的小朋友，不管她是谁，她干得真不错。你应该知道，在那个年纪，她们能睡多久就睡多久。"

"没有姑娘的事儿，俄狄。听我说，我曾经一直做的那个关于车行的噩梦，记得吗？我过去甚至都没法向你描述它，但我如今可以了，它不再骚扰我了。其实吓着我的只是车行的那个标志。在梦里，我只是在做日常活动，然后那个标志毫无征兆地突然就出现了。我们是全国汽车经销商协会的成员。N. A. D. A.。就是这个吱嘎作响的金属标志，在蓝天中唠叨着nada，nada。我曾经为此惊叫着醒过来。"

她现在想起来了。如今他不会被惊吓了，至少在继续吃药的情况下。她不太能接受这个事实：就是她上次在圣纳西索离开他时是她最后一次见到马丘，如今他的大部分都已经消散了。

"喂，快听，"他说，"俄狄，注意。"但她甚至听不出是什么曲子。

当他必须回电台的时候，他朝药片点了点下巴。"这些你可以拿走。"

她摇头拒绝。

"你准备回圣纳西索吗?"

"对，今晚。"

"但警察那头呢。"

"我会当逃犯。"后来，她记不起来他们是否还说了别的。在车站，她和他们吻别——他们所有人[1]。马丘离去时用口哨吹着某首复杂的十二音曲子。俄狄帕坐着，前额靠在方向盘上，想起来没问他关于他信上的特莱斯特罗邮戳的事。但那时已经太晚了，于事无补。

---

1 此处意指马丘所代表的"一群人"。

第六章

重返回声庭院之后，她发现迈尔斯、迪恩、塞尔日和莱昂纳德分别在游泳池跳板上和周边，带着全套乐器，画面如此丰富而且静止，就好像某个在俄狄帕视野以外的摄影师正在为他们的专辑拍摄照片。

"出什么事了？"俄狄帕说。

"你的小男人，"迈尔斯答道，"梅兹格，真把我们的假声男高音塞尔日给害惨了。他伤透了心。"

"他说得没错，太太。"塞尔日说。"我甚至为此写了一首歌，编曲只有我本人的特点，这首歌是这样的。"

塞尔日之歌

一个孤独的冲浪男孩能有多大机会

得到一个冲浪小妞的爱，

因为有这么多亨伯特·亨伯特猫[1]

---

1 亨伯特·亨伯特是纳博科夫小说《洛丽塔》中的人物，此处指代对小姑娘感兴趣的老男人。

带着恶意源源到来。

对我来说，我的宝贝是个女人，

对他来说她只是又一个宁芙[1]；

他们为何来骚扰，她为何给我苦头吃，

害我如此不安？

不过，既然她已经走远啊走远，

我只得再去寻新爱，

而老一辈

已经教育我该怎么做——

我昨夜和一个八岁妞约会，

她和我一样浪荡，

所以你每夜能在橄榄球场找到我俩，

在33号雅座后面（啊，没错），

无穷的爽快。

"你是想告诉我什么？"俄狄帕问。

他们已经以诗歌形式告诉她了。梅兹格和塞尔日的妞逃到内华达州结婚去了。经过询问，塞尔日承认关于八岁小妞的情节只是幻想，但他一直在游乐场附近坚守，希望随时得到关于他们的新消息。梅兹格在她房里的电视机上留了个条，告诉她不用为遗产操心，他已经把他的执行权

---

1 宁芙是希腊神话中尚未成熟的女神。

转给了瓦普·韦斯福·库比切克和麦克明戈斯的其他同事，他们会和她联系，遗嘱执行法庭也全搞定了。除了作为共同执行人之外，没有一个字能表现出俄狄帕和梅兹格还有什么关系。

也就是说我们一直就是那种关系，俄狄帕想。这种经典的轻慢她本应该能感受到更多，但此时脑子里有其他的事情。她打开行囊后的第一件事是给导演兰多夫·德里布莱特打电话。铃响了十声之后，一位老太太接了电话。"抱歉，我们没有什么要说的。"

"好吧，您是哪位？"俄狄帕问。

电话那边一声叹息。"我是他母亲。明天中午会有一个声明。我们的律师会宣读。"她挂断了电话。现在出大事了，俄狄帕想知道：德里布莱特怎么了？她决定稍后再打电话。她在电话本里找到了埃莫瑞·波兹的号码，这回运气不错。一个叫作格蕾丝的主妇接了电话，背景里是一群孩子的声音。"他正在院子里喝呢。"她告诉俄狄帕。"这是个组织得很好的游戏，从4月以来一直在搞。他坐在太阳下和学生们喝啤酒，用酒瓶子砸海鸥。你最好在他玩大了之前跟他谈。玛克馨，你干吗不用那玩意儿砸你兄弟，和我相比他是个可以移动的靶子。你知道埃莫瑞写完了一个新版的沃芬格吗？出版日期是——"一声巨大的碰撞、疯狂而孩子气的笑声和尖厉的叫喊掩盖了具体的日子。"哦，天哪，你遇见过杀婴者吗？来家里看看，这可能是你唯一的机会。"

俄狄帕冲了淋浴，穿上套头衫、裙子和运动鞋，把头发像学生一样拧扎起来，随便化了点妆。这时她隐约感到有些害怕，因为如今重要的不是波兹或是格蕾丝的回应，而是特莱斯特罗的回应。

她中途路过了扎夫二手书店，震惊地发现书店几周前还站立着的位置上如今是一堆烧焦的瓦砾。空气里还有皮革燃烧的气味。她停车走进隔壁的政府闲置品门市部。店主告诉她，扎夫这个该死的笨蛋为了保险而放火烧自己的店。"随便吹点什么风，"这个大人物咆哮道，"我就可能跟着一起完蛋。其实他们修这幢建筑只希望用个五年。扎夫就不能等等？书啊。"你能感觉到他是有着良好克制才没吐唾沫。"你要是想卖二手货，"他告诫俄狄帕，"先研究一下有没有需求。这一季步枪有需求。上午刚有个人来，给他做教练的队伍买了两百支。我本来还可以捎带着卖给他两百个纳粹党徽章的，只是我货不足，该死。"

"政府闲置的纳粹党徽章？"俄狄帕问。

"当然不是。"他给了她一个业内人士的狡黠眼神。"圣地亚哥郊外有家小工厂，"他告诉她，"雇了一帮黑人，也就是说，他们肯定能把这老徽章给赶制出来。这个小东西能有多大市场，你可能会吃惊。我在一些美图杂志上发了广告，结果上周光处理来函就多雇了两个黑人。"

"您贵姓啊？"俄狄帕问。

"温斯罗普·特里梅因，"这位意气风发的业主答道，"简称赢家[1]。听着，我们正在和洛杉矶一家大的成衣公司洽谈，准备秋天经销党卫军制服。我们会把它列入秋季回校促销中，很多37号加长的，你知道的，少年们的尺寸。下一季我们可能会彻底放开，推一套改良版给女士们。你听起来应该心动了吧?"

"到时候再说，"俄狄帕说，"我会记住你。"她离开了，奇怪自己为什么没有骂他，或是用随手能拿到的一些笨重的闲置品砸他。没有目击者，为什么不那么干呢?

你胆怯了，她对自己说着，扣上了安全带。这是美国，你生活的地方，你应该让它发生，让它展开。她沿着高速公路狂野行驶，寻找着大众车。当她拐进波兹家那片和梵哥索泻湖边相似的滨水小区时，只感到身体在发抖，有点恶心。

一个脸上涂满了某种蓝色物质的小胖姑娘来迎接她。"你好，"俄狄帕说，"你一定是玛克馨了。"

"玛克馨在床上。她用爸爸的啤酒瓶砸查尔斯，瓶子砸破了窗子，妈妈好好揍了她一顿。要是她是我的孩子，我肯定把她淹死。"

"我还没想过要做那么绝。"从暗淡的起居室里冒出来的格蕾丝·波兹说。"快请进。"她开始用一块湿布给孩子擦脸。"你今天是怎么摆脱自己孩子的?"

"我没孩子。"俄狄帕说着，跟随她进了厨房。

格蕾丝看起来很惊讶。"有那么一种烦恼的状态，你会认

1　英语中赢家与温斯罗普都以win开头。

得出来。我以为只有孩子会导致。也许不是吧。"

院子里埃莫瑞·波兹半躺在一张吊床上，环绕他的是三个研究生，两男一女，都烂醉如泥，还有积攒起来的多得令人震惊的空啤酒瓶。俄狄帕找到一瓶满的，坐在了草地上。"我想了解的是，"她单刀直入，"关于历史上的沃芬格的一些情况，而不是语言上的他。"

"历史上的莎士比亚。"一个研究生从他的络腮胡中咆哮着，随即又开了一瓶啤酒。"历史上的马克思。历史上的耶稣。"

"他说得对，"波兹耸耸肩说，"他们都死了。还剩下什么？"

"话语。"

"挑些话语吧，"波兹说，"对它们，我们是可以讨论的。"

"'星星们神圣的纠缠也不能阻挡，'我想，"俄狄帕引用道，"'那个已和特莱斯特罗约好的人。'《信使的悲剧》，第四幕，第八场。"

波兹对她眨着眼睛。"那么，"他说，"你是怎么进入梵蒂冈的图书馆的？"

俄狄帕把有这行文字的书拿给他看。波兹眯起眼睛看着那一页，同时摸索到又一瓶啤酒。"老天爷，"他宣布道，"我被盗版了，我和沃芬格。我们好像是被出了非删节版。"他翻到扉页，想看看是谁再一次编辑了他编辑的沃芬格。"都没脸留名字啊，该死的。我只好给出版商写信了。K.达·琴伽多和合伙人？你听说过这帮人吗？纽约的。"他迎着阳光看了一两页。"胶印。"然后把鼻子凑近文字。"印刷错误。呸！错误百出。"他把书扔在草地上，满含厌恶地望着它。"那么，他们是如何进入梵蒂冈的呢？"

"梵蒂冈有什么？"俄狄帕问。

"一版色情的《信使的悲剧》。我61年才见到它，否则我在我的老版本里肯定会提到它。"

"我在水罐剧场看的不是色情版？"

"兰迪·德里布莱特[1]的制作？不，我觉得它是典型的高尚版。"他悲伤的目光越过她望向一片天空。"他是个道德感超强的人。他几乎对话语没什么责任感，真的；但对围绕着剧作的看不见的领域，它的精神所在，他总是极其忠诚的。如果有谁能为你唤起你想要的那个历史上的沃芬格，那肯定就是兰迪了。我从不知道还有其他人能够如此接近原作者，接近那部剧作的小宇宙，曾经也肯定是围绕着沃芬格鲜活思维的小宇宙。"

"但你在用过去时态。"俄狄帕说着，心脏开始沉重地跳动，她想起了接电话的那位老太太。

"你还没听说吗？"他们都望着她。死亡从草地上方的空旷中滑翔而过，没有阴影。

"兰迪两周前走进了太平洋，"女孩最后对她说，她的双眼一直是红的，"穿着他的吉纳罗戏服。他死了，我们这是在

1　兰迪是兰多夫的昵称。

守灵。"

"我上午还试着给他打电话。"这便是俄狄帕能想出的话。

"事情就发生在他们拆散《信使的悲剧》道具之后。"波兹说。

如果就在一个月前，俄狄帕的下一个问题应该会是："为什么？"但如今她保持沉默，似乎是等待着被启迪。

他们正在抽身离我而去，她无言地说——感觉就像一扇极高的窗户上飘荡的窗帘，升起来，然后向深渊飞去——我的男人们，他们正在离去，一个接一个。我的缩头师，被以色列人追杀，已经疯了；我的丈夫，迷上了LSD，像孩子般在他自己美妙的糖果宅子的一间又一间无尽的房间里摸索着远去，离我曾永久希望的爱情越来越令人绝望地远去；我的一个婚外恋和一个缺教育的十五岁孩子私奔了；把我带进特莱斯特罗的最好向导去冒险了。我身在何方？

"抱歉。"波兹望着她说。

俄狄帕保持着镇静。"他只用了这本，"她指着平装书，"来写他的剧本吗？"

"不，"他皱着眉，"他用了硬封版，我的那个版。"

"但那一晚你看了演出。"充盈的阳光照耀着一只只瓶子，他们周围一片沉寂。"他是如何结束第四幕的？他的台词是什么？德里布莱特的，吉纳罗的，在奇迹发生之后，当他们都站在湖边时？"

"'作为索恩和塔克西斯的我们知道他，'"波兹背诵道，

"'如今已无视贵族而只相信剑锋，曾经打结的金号角沉默着静卧。'"

"对的，"研究生们表示赞同，"没错。"

"就这些？剩下的呢？另一个对句呢？"

"在我个人表示同意的文字里，"波兹说，"另一个对句的最后一句被去掉了。梵蒂冈的那本书只是一个淫秽的嘲弄。结尾的'那个曾经穿过安吉罗之欲的人'是由1687年四开版的印刷工添加的。'白教堂'版错误百出。所以兰迪做了最好的努力——把有疑问的内容排除了。"

"但那一夜我在现场，"俄狄帕说，"德里布莱特确实用了梵蒂冈的那些句子，他说了特莱斯特罗这个词。"

波兹的表情保持中立。"那完全取决于他。他既是导演又是演员，不对吗？"

"但是否有可能，"她用双手画着圈子，"只是心血来潮？在不告诉别人的情况下又用了几行那样的文字？"

"兰迪这个人，"第三个研究生，一个戴角质框眼镜的矮胖孩子说，"一般来说，困扰他内心的东西，都不得不以这种或那种方式在舞台上显露出来。他可能看过很多版本，体会这部剧作的精神，而不是字面上的东西，这就是他翻过你那本内容有变化的平装书的原因。"

"那么，"俄狄帕下了结论，"他个人生活中一定发生了什么事，对他来说那晚上一定发生了什么巨变，促使他把那几行文字放进剧中。"

"也许吧,"波兹说,"但也许不是。你认为人的思想是张台球桌?"

"我希望不是。"

"进来看点儿色情图片。"波兹边邀请边翻身下了吊床。二人把学生们留下继续喝酒。"那个梵蒂冈版本插图的非法缩微胶片。61年偷运出来的。格蕾丝和我曾经拿了补助在那儿做研究。"

他们进入了一间工作室兼书房。在宅子里的远处,孩子们尖叫着,吸尘器嗡嗡作响。波兹放下百叶窗,在一盒幻灯片中迅速翻找,挑出了一摞,打开一台幻灯机,将它对着一面墙。

插图是木刻作品,工艺粗糙,成品显示出制作者的业余水平。真正的春宫画都是由耐心极大的专家奉献给我们的。

"艺术家未署名,"波兹说,"那个重写了剧本的蹩脚诗人也是如此。记得帕斯夸莱,其中的一个坏人吗?他确实娶了自己的母亲,他们新婚之夜有一整幕的戏。"他更换了幻灯片。"你能大概有个感觉,注意看背景里经常漂浮的死亡形象。道德上的愤怒,这是个复古现象,是中世纪的。没有清教徒会那样暴力。除非是斯柯夫哈姆派。德阿米柯认为这个版本是斯柯夫哈姆派的一个项目。"

"斯柯夫哈姆派?"

罗伯特·斯柯夫哈姆在查理一世统治时期建立了一个最为纯粹的清教徒教派。他们的核心难题与预定论有关。有两种类型。对于一个斯柯夫哈姆派教徒来说,任何事物都不是偶然发生的，创生是一部巨大而复杂的机器。但其中的一部分，斯柯夫哈姆派那部分，按其首要的推动者上帝的意志运行。其他部分的运行则基于一些相反的规则，一些盲目而没有灵魂的规则；一种导致永恒死亡的粗暴的自动行为。这么做的原因是为了推动信众信服神圣而有意义地友好的斯柯夫哈姆派。但事实上，那几个忠实的斯柯夫哈姆派教徒发现自己带着一种病态而幻想的恐惧看待那些注定灾难临头者华而不实的日常生活，而这种感觉被证明是致命的。他们一个接一个被灭绝前那种华贵的前景所骗走，直到教派里一个人都不剩，连罗伯特·斯柯夫哈姆都像一位船长一样，最后一位弃船了。

"理查德·沃芬格和他们有什么关系？"俄狄帕问。"为什么他们要给他的剧作出一个色情版？"

"作为一个道德上的例子。他们不喜欢剧场。这是一种他们让剧本彻底远离他们、下地狱的方式。还有什么比改台词更能永久诅咒它的方式。我们知道，清教徒就像文学评论家一样，是最致力于话语的。"

"但关于特莱斯特罗的那行字并不色情。"

他搔搔头。"配得不错，不是吗？'星星们神圣的纠缠'是指上帝的意愿。但即便它也不能阻挡——或者防卫——某个与特莱斯特罗有个约会的人。我的意思是说，假如你只是谈论穿过安吉罗的欲望，真的，有无数种方法能够摆脱它。离开那个国家。安吉罗毕竟只是个凡人。但是那个残暴的另一个世界，那个让非斯柯夫哈姆派的宇宙像钟表般运转的世界，那就是另一种东西了。他们很显然认为特莱斯特罗会很好地代表这另一个世界。"

她再无言以对。又一次，带着飘忽而眩晕的振翅飞越深渊的感觉，她问出了此行想问的问题。"什么是特莱斯特罗？"

"我出了57年那一版之后，"波兹说，"开辟的几个全新领域中的一个。从那时开始，我们已经找到了一些有趣的古老资源。他们告诉我，我的修订版会在明年某个时候发行。是同时。"他去一个装满古书的玻璃匣子中寻找着。"这儿，"他举起有开裂的暗棕色牛皮封面的一本书。"我把我的沃芬格秘籍锁在这儿，孩子们拿不到。查尔斯会没完没了地问问题，我还没有老到能适应那些。"这本书的书名叫作《迪奥克里提安·布洛伯博士在意大利人中的奇异游历之记述，附带关于那个奇异而精彩的民族真实历史的传说范例阐明》[1]。

"我很幸运，"波兹说，"和弥尔顿[2]一样，沃芬格保存了一本备忘录，随手写下来自阅读的引用之类的东西。这就是我们了解布洛伯游历的渠道。"

书中充斥着以e's和像f's的s's结尾的词、大写的名词、和本来应该是i's的y's。"这书我读不了。"俄狄帕说。

"试试看。"波兹说。"我得去管管那些孩子。我想应该是第七章前后。"说完便消失了，把俄狄帕留在了壁龛前。事实上，她想读的是第八章，一篇关于作者本人与特莱斯特罗强盗

1　后面简称为《记述》。
2　17世纪英国诗人。

接触的报告。迪奥克里提安·布洛伯选择乘坐一辆属于"托莱和塔西斯"系统的邮递马车穿越荒凉的山区，俄狄帕猜想这个名字一定是意大利语的索恩和塔克西斯。他们在没有任何预警的情况下，在布洛伯称之为"虔诚之湖"的岸边遭遇了一群黑斗篷骑手，骑手们在湖面吹来的冰冷寒风中向他们发动了残忍而沉默的攻击。这些掠夺者使用了棍棒、火绳枪、长剑和短剑，最终还用丝质手绢结果了那些还没断气的人。所有人都死了，除了布洛伯博士和他的仆人，他们从一开始就远离激战，大声宣告他们是英籍人士，甚至不时"以投机方式唱着一些改良过的我们教堂的赞美诗"。从特莱斯特罗似乎对保密特有的追求来看，二人的逃脱令俄狄帕感到惊讶。

"是因为特莱斯特罗试图在英国开业？"几天后，波兹给出了建议。

俄狄帕不知道。"但为什么饶了迪奥克里提安·布洛伯这种让人难以忍受的蠢货？"

"你在一里外就能感受到那样一张嘴，"波兹说道，"即便是在严寒中，即便当你杀心大起。如果我有给英格兰传个口信，铺个路的意思，我应该会觉得他是个优秀的选择。特莱斯特罗在当时喜欢反革命。再看看英国，国王正要掉脑袋。都安排好了。"

在收集了邮件袋之后，团伙的领头人把布洛伯从马车上拉下来，用完美的英语对他宣布："先生，你已经目击了特莱斯特罗的愤怒。不过我们并不是毫无慈悲心的。把我们的作为告诉你的国王和议会。告诉他们我们成功了。任何骚动和争斗，或是残暴的野兽，或是沙漠的孤独，或是我们合理财产的非法掠夺者，都不可能吓住我们的信使们。"说完，这些强盗对他们和他们的钱包丝毫未碰，斗篷如一片黑帆般猎猎作响，消失在暮光中属于他们的群山里。

布洛伯四处打听特莱斯特罗组织，四处口风很紧。不过他还是搜集到了只言片语。在接下来的几天中，俄狄帕的情形也是如此。在成吉思·科恩给她的偏门集邮杂志中，在一本八十年前默特利[1]关于当代无政府主义根源的小册子《荷兰帝国的崛起》的一个模棱两可的脚注中，在波兹的沃芬格收藏中的布洛伯的兄弟奥古斯丁撰写的一本布道书中，还有布洛伯的第一手资料中，俄狄帕得以拼凑出这个组织崛起的画面：

1577年，低地国家的北方省份已在新教贵族奥兰治的威廉领导下进行了九年的斗争，争取从天主教西班牙和天主教神圣罗马皇帝的统治下获得独立。在12月底，奥兰治，这位低地国家事实上的领袖，应一个十八人委员会邀请胜利进入布鲁塞尔。这个委员会是一个狂热加尔文主义者组成的小集团，他们认为由特权阶级组成的三级会议已经不能代表技术工人，和人民已经彻底失去了联系。委员会建立了一种布鲁塞尔公社的组织。他们控制了警察，对三级会议的一切决议进行裁决，并且开除了布鲁塞尔的很多高官。这些高官包括列奥纳德一世、塔

1　约翰·罗斯若普·默特利，19世纪美国历史学家和外交官。

克西斯男爵、皇帝陛下枢密院顾问伯伊津恩男爵、世袭低地国家邮政大臣、索恩和塔克西斯垄断业的执行官。取代他们的人名叫扬·欣卡特，是奥海恩勋爵，奥兰治的忠实追随者。在此时，创始人登上了舞台：赫尔南多·华金·德·特里斯特罗·卡拉维拉，可能是个疯子，也可能是个诚实的叛逆者，也有人说只是个骗子。特里斯特罗自称是扬·欣卡特的堂兄弟，来自家族位于西班牙的合法分支，真正的奥海恩勋爵——扬·欣卡特所拥有的一切的合法继承人，包括他最近受任的邮政大臣一职。

从1578年直至1585年3月亚历山大·法尔内塞为皇帝夺回布鲁塞尔为止，特里斯特罗以一种已形成的游击战争的方式对抗他的堂兄弟——假如欣卡特确实是他的堂兄弟的话。作为西班牙人，他几乎得不到支持。大部分时间，他颠沛流离，生命受到威胁。不过，他还是四次尝试暗杀奥兰治的邮政大臣，虽然未能成功。

扬·欣卡特被法尔内塞驱逐，索恩和塔克西斯的邮政大臣列奥纳德第一得以复职。但那时索恩和塔克西斯垄断业正处于严重的不稳定状态。因为皇帝鲁道夫二世对该家族波希米亚分支中的强烈新教倾向感到顾虑，曾有一段时间收回了他的赞助。邮政运作深陷赤字。

也许是对顷刻间失势而风雨飘摇的欣卡特曾经希望接掌的跨大陆权力结构的展望，鼓舞了特里斯特罗去建立他自己的系统。他似乎一直非常不稳定，倾向于随时出现在大众面前开始演说。他的惯常主题是废嫡。属于奥海恩的邮政垄断是靠征服获得的，而根据血统奥海恩属于特里斯特罗。他把自己定位为艾尔·德舍瑞达多——被剥夺继承权的人——给他的追随者设计了黑色制服，用黑色表示他们流放中唯一真正属于他们的东西：黑夜。很快，他的图解中增添了加了弱音器的邮递号角和一只四脚朝天的死獾（有人说塔克西斯这个名字来自意大利语的"塔索"，也就是獾，用来表示早期贝尔加莫信使们头戴的獾皮帽）。他开始沿着索恩和塔克西斯邮路开始了一场包括阻碍、恐吓和劫掠的秘密战争。

在接下来的几天时间中，俄狄帕出入各家图书馆，与埃莫瑞·波兹和成吉思·科恩进行热烈的讨论。因为目睹了她认识的其他每个人的遭遇，她对他们的安全有些担忧。在阅读布洛伯的记述的第二天，她、波兹、格蕾丝和研究生们参加了兰多夫·德里布莱特的葬礼，聆听了一位年轻兄弟有无助感和受挫感的悼词，目睹了一位在下午的光雾中有如幽灵的母亲的哭泣，当晚又回来坐在墓上喝着纳帕山谷[1]产的麝香葡萄酒，这酒德里布莱特活着的时候储藏了好多桶。当晚没有月亮，雾气遮蔽了星星，一片漆黑，就像一个特里斯特罗骑手。俄狄帕坐在地上，屁股感受着寒冷，思考着，正如德里布莱特那晚上在淋浴间所建议的，思考她自己的某些版本是否并没有随着他的消失而消失。也许她的思想还会继续去收缩那些已经不存在的精神肌肉；会被一个幻想的自我背叛和嘲弄，就像一个安装了

1　加州葡萄酒重要产地。

义肢的截肢者。也许有一天，她会用某种义肢式的器材来代替她失去的一切，一条某种颜色的裙子，一封信中的一个词，另一个情人。她试图去迎接某个不可思议地藏于地下、抵抗着腐败的蛋白质的加密的韧性——任何顽固的寂静也许都是正集聚着准备最后一次爆发，最后一次穿越大地的攀升，闪着微光，用它最后的力量组成一个昙花一现的带翅的形状，渴望着立刻能在温暖的寄主那儿安定下来，或是在黑暗中永远地消散。如果你向我而来，俄狄帕祈祷着，把你昨夜的记忆也带来。或者假如你需要轻装而来，最后五分钟也行——那可能就足够了。这样我就能知道你走进海中是否与特里斯特罗有关。假如他们除掉你的原因与除掉希拉瑞斯和马丘和梅兹格一样——也许他们以为我不再需要你了。他们错了。我需要你。只要把那份记忆带给我，你就能在我能拥有的全部时间里和我生活在一起。她记得他的脑袋，在淋浴间里"漂浮"着，说着，你可以和我坠入爱河。但她是否曾经有可能挽救他？她望着那个把他的死讯告诉她的姑娘。他们是否曾经相爱？她是否知道德里布莱特在那个晚上加上两行台词的原因？他自己知道是为什么吗？无人能够开始追踪这个问题。一百个难题，变换了顺序的，组合的——性、金钱、疾病、对他所处时代和地点的历史感到绝望，谁知道。改变台词并不比他的自杀有更清晰的动机。两者都有着同样的异想天开。也许，她感觉到短暂的被渗透，似乎是那个明亮的长着双翅的事物确实进入了她内心的避难所，也许，从同一个灵巧的迷宫中弹起，添加那两行字，是以一种无需解释的方式成为他当晚走进原血太平洋那巨大下水道的预演。她等待着带翅的光亮宣布它的安全到达。但只有寂静。德里布莱特，她呼唤道。信号在脑部电路扭曲的长路中回响。德里布莱特！

但就和麦克斯韦尔的妖精一样，就这样了。或者是她无法交流，或者是他不曾存在过。

除了起源，各家图书馆并未能告诉她更多关于特里斯特罗的信息。就他们所知，它绝没有在荷兰独立斗争中幸存下来。为了搜寻余下的内容，她不得不从索恩和塔克西斯这一边进入。这有它的危险性。对于埃莫瑞·波兹来说，它似乎转入了某种灵巧的游戏。比如说，他持有一种镜像理论，认为索恩和塔克西斯任何不稳定的时期都会在特里斯特罗的影子政府中有相应的映射。他用这个理论解释为何这个名字只在17世纪中叶见诸印刷品。双关语"这个特莱斯特罗的震怒之日"的作者是如何战胜他的勉强的？梵蒂冈那些删除了"特莱斯特罗"一行文字的半个对句是如何进入对开本的？暗示索恩和塔克西斯敌对力量的勇气是从何而来的？波兹坚持说特里斯特罗内部有一些危机，严重得导致他们无法反击。也许是同样的问题导致他们没有取走布洛伯博士的性命。

但波兹是否应该把纯粹话语进行如此热闹的剥离，将它们变成如此不自然的玫瑰？而在其红色芬芳的幽暗之下，黑暗的历史隐秘地蜿蜒前行。当列奥纳德第二-弗朗西斯，索恩和塔克西斯伯爵于1628年去世时，其妻，里埃的亚历山德里娜，承袭了邮政大臣的官职，虽然她的位子从未被认为是正式的。她于1645年退休。垄断业的力量核心一直没有确定，直至1650年，下一位男性继承人拉莫洛第二-克劳德-弗朗西斯接掌职位。与此同时，系统腐朽的症状已经在布鲁塞尔和安特卫普出现。当地私家邮递系统已经蚕食了皇家许可，两座城市已经关闭了他们的索恩和塔克西斯办公室。

特里斯特罗是如何做出反应？波兹问道，假设当时好战的部分成员宣称伟大的时刻终于到来，鼓吹在他们的敌人虚弱的情况下用武力接管。但保守观点只希望以相反的方式，也就是按特里斯特罗过去七十年间路线，继续下去。也许还有几个有远见的人：能够超越他们生活的时代，以历史观点思考的人。他们中至少有一人灵通地预见到三十年战争的终结，威斯特伐利亚合约，帝国的分崩离析，和特别主义的开端。

"他长得像柯克·道格拉斯，"波兹叫道，"佩着剑，有像康拉德这样透着勇敢的名字。他们在一家小酒馆后屋里开会，所有这些人都穿着农民的宽松衣衫，举着啤酒杯走动，每个人都醉了，嚷嚷着，康拉德突然跳到一张桌子上，人群安静下来。'对欧洲的拯救，'康拉德说，'取决于交流，对吗？我们面对着嫉妒的德国王子们制造的混乱，他们有好几百人，搞诡计，反诡计，内斗，把帝国的力量全都消耗在他们无用的纷争中。但在所有这些王子中，谁能控制交流途径，谁就能控制他们。那个网络有一天会统一整个大陆。所以我建议我们和我们的老敌手索恩和塔克西斯合并——''不'、'绝不'、'把这个叛贼扔出去'的叫喊声四起，直到那位暗恋康拉德的小明星般的吧女用啤酒杯把吵得最凶的反对者砸晕。'并到一起的话，'康拉德继续说道，'我们的两个系统将是无敌的。我们能以帝国为重这一条理由拒绝为任何人提供服务。没有我们，无人能够调遣军队、农产品和一切。假如有任何王子试图建立他自己的邮递系统，我们会压制它。我们，在长期被剥夺继承权之后，可能会是欧洲的继承人！'欢呼经久不息。"

"但他们毕竟没能阻止帝国的崩溃。"俄狄帕指出。

"接下来，"波兹退了一步，"好战者和保守派打成僵局，康拉德和他的一小群有远见者，作为好人，试图调解纷争，等到他们又都被摆平的时候，每个人都完事了，帝国受够了，索恩和塔克西斯不想谈交易了。"

随着神圣罗马帝国的终结，索恩和塔克西斯合法性的源头也就和其他光辉的错觉一起消失了。妄想的可能性空前高涨。假如特里斯特罗成功地保持了部分的秘密状态，假如索恩和塔克西斯不清楚他们的敌人是谁，或其影响力有多大，那么他们中的许多人想必会相信类似斯柯夫哈姆派那种盲目的、自动的反上帝的存在。不管它是什么，它有力量去谋杀他们的骑手，在他们的邮路上制造塌方，以扩张方式引入新的地方竞争，继而在当前达到甚至是国家级的邮政垄断，进而瓦解他们的帝国。它是他们时代的鬼魂，为了让索恩和塔克西斯陷入混乱而出现。

但在一个半世纪后，妄想消散了，因为他们终于发现了秘密的特里斯特罗。强大、全知、无情的恶意，这些他们视为一种历史准则和时代精神的因素，如今都归于人类天敌。这一切是如此充盈，以至于到了1795年，有人指出是特里斯特罗导演了整个法国大革命，其原因只是它为了找到一个借口发布《共和国三年霜月九日通告》，确认索恩和塔克西斯邮政垄断在法国和低地国家的终结。

"但是，是谁指出的呢？"俄狄帕说。"你是从哪儿读来的呢？"

"难道不会有人提起这件事？"波兹说。"也许不会吧。"

她没有继续讨论这一点。倒是对任何事的追踪都开始感觉到勉强了。比如说，她还没有去询问成吉思·科恩，他的专家委员会是否对他发给他们的邮票有所反馈。她知道如果她重访维斯帕黑文养老院，去和年老的索斯先生再次谈论他的祖父，她会发现他也死了。她知道她应该给K.达·琴伽多——那本没有被算上的平装版《信使的悲剧》的出版商写信，但她还没有，而且也没问波兹写了没有。最糟的是，她发现自己经常尽一切所能地去逃避谈论兰多夫·德里布莱特。她感到她正在背叛德里布莱特和自己。但她没有去理会——因对她的揭示没有能够超越某个点而感到的焦急。也许是生怕它继续膨胀，将她变成它的一部分。当某晚波兹问俄狄帕是否可以把正在纽约大学的德阿米科带来时，她紧张地断然拒绝。他再未提起过此事，她当然也没有。

不过她确实有一夜回到了"示波器"，感觉着不安和孤独，对可能会发现的一切带着猜疑。她找到了麦克·法罗皮安，他蓄起络腮胡已有几周，穿着带扣的绿色衬衫、没有翻边和襻带的皱巴巴的工装裤、两个纽扣的工装夹克，没戴帽子。他被女人们环绕，喝着香槟鸡尾酒，吼唱着低俗歌曲。他瞅见俄狄帕，给了她一个灿烂的微笑，招手让她过去。

"你看起来，"她说，"没治了。就好像你已经彻底行动起来了——在山区训练叛军。"在法罗皮安身体能够被触及的部位上及周围粘着的姑娘们投来了敌意的目光。

"是个革命秘密。"他笑着，伸出双臂把几个追随者赶开。"走吧，赶紧的，你们所有人。我想和这个妞说话。"当她们走出听力所及范围之后，他转向她，目光带着一种同情、受扰，也许还有点色情。"你的探索进行得如何？"

她给他做了一个简短的情况报告。她说话时他保持安静，表情渐渐变为她无法辨认的样子。这令她感到不安。为了让他活跃起来，她说："我很奇怪你们这些人不一起使用这个系统。"

"我们是地下组织吗？"他恢复常态，足够温和。"我们是被抛弃的人吗？"

"我不是这个意思——"

"也许我们还没找到他们，"法罗皮安说，"或者也许他们还没来找我们。或者也许我们正在使用W.A.S.T.E.，只不过这是个秘密。"这时，电子音乐开始渗入房间。"但还有另一个角度。"她感觉到他将要说的话，开始条件反射地咬合她的后磨牙。一个她在过去几天里形成的焦虑时的习惯。"俄狄帕，你是否感觉到，是有人在戏弄你？也就是说这一切都是一个骗局，也许是印维拉蒂死前设下的局？"

俄狄帕确实有过这样的感觉，但和自己终将在某天死亡的想法一样，她总是坚决拒绝直接去面对那个可能性，除非是在最意外的光照下。"不会，"她说，"那很荒谬。"

法罗皮安望着她，表情至少是同情的。"你应该，"他安静地说，"真的，你应该想想这个可能，把你无法否认的东西写下来，你的真智慧；但然后也写下你只是猜测和推断的。看看你有了些什么。至少这样。"

"继续说，"她冷冷地说，"至少这样。然后呢，还有什么？"

他微笑了，此刻似乎是在挽救那些将要无声地破碎的、正在他们之间的空气中从容扩张着无形裂痕的事物。"请别生气。"

"证实我的来源，我想是，"俄狄帕继续说着，神情愉快，"对吧？"

他没有再继续下去。

她站起身，想知道自己的发型是否依旧，看起来是否像是被排斥了或是发了歇斯底里，以及这一切是否引人注目。"我知道你不一样，"她说，"麦克，因为每个人面对我都有所改变。但还没有变到仇恨我的地步。"

"仇恨你？"他摇摇头笑了。

"如果你需要袖章或是更多武器，请试试联系温斯罗普·特里梅因，在高速公路边上，特里梅因的纳粹徽章店。提我的名字。"

"我们已经有联系了，谢谢。"她离开了，留下穿着改良版古巴装的他望着地面，等着他的女人们回来。

那么，她的信息来源如何呢？她确实在回避这个问题。有一天，成吉思·科恩打来电话，听起来很激动，请她去看看他刚收到的邮件，来自美国邮政。那其实是一张旧的美国邮票，绘制着安装了弱音器的邮递号角、四脚朝天的獾，还有一行标语：我们等待着沉默的特里斯特罗帝国。

"所以它是表示这个意思。"俄狄帕说。"你是从哪儿弄到这个的？"

"一个朋友那儿，"科恩边说边翻阅一本破旧的斯科特目录[1]，"旧金山的。"和往常一样，她没有继续询问任何姓名或地址。"奇怪。他说他在目录里没找着这张邮票。但它确实在这儿。在补遗里，看。"书前面贴进了一张纸。这张被编号为16311,1的邮票，被复制在"特里斯特罗快递，旧金山，加利福尼亚"的标题下面，它应该被插在本地列表第139号（纽约第3大道邮政所）和第140号（联合邮政，也来自纽约）之间。俄狄帕处于一种直觉的兴奋中，立刻翻到书的封底，发现了扎夫二手书店的胶贴。

1　美国出版的关于重要邮票的目录，已有一百多年历史，每年更新。

"没错，"科恩申明道，"在你北上的那段时间里，我有一天开车去那儿见梅兹格。你看见了，斯科特目录以美国邮票见长，我一般不保存这本目录。我的领域是欧洲和殖民地。但我的好奇心被勾起来了，所以——"

"没错。"俄狄帕说。任何人都能在书里贴上补遗。她驾车回到圣纳西索再度查看印维拉蒂的财产列表。扎夫二手书店和特里梅因的闲置品店所在的整个购物中心都曾经属于皮尔斯。不仅如此，连水罐剧场都是他的。

好吧，俄狄帕自忖着，在房间内踱步，肺腑空虚，等待着某种真正可怕的事物，好吧。不可避免，不是吗？通向特里斯特罗的每一条通道都能回溯到印维拉蒂的产业。甚至埃莫瑞·波兹，他那本布洛伯的《记述》（她毫不怀疑，假如她询问的话，他绝对会告诉她是在扎夫书店买的），正在被他用于圣纳西索学院的授课，而此学院也收到了那个死人的大量捐赠。

这意味着什么？波兹，还有梅兹格、科恩、德里布莱特、柯泰克斯、旧金山那个有刺青的水手，她见到的 W.A.S.T.E. 投递员们——他们都是皮尔斯·印维拉蒂的人？都被收买了？或者是出于友谊而无偿相助，为了取乐，上演他策划的这样一个庞大的恶作剧，只为给她带来尴尬，或是恐吓，或是道德进步？

把你的名字改为迈尔斯、迪恩、塞尔日和（或）莱昂纳德，宝贝，她告诫着自己在那个午后化妆镜光亮中的影子。无论如何，他们会称其为妄想狂。他们。也许，你在没有 LSD 或

169

其他吲哚生物碱的帮助下确实撞见了一个梦的秘密的富饶而隐藏的丰厚；撞见了一个当X位美国人在把他们的谎言和关于对精神贫困的例行而无趣的背叛的朗诵交给官方政府邮递系统之后进行真正交流的网络；可能甚至撞见了摆脱折磨着你知道的每个美国人、包括宝贝你自己的内心的走投无路、对于生活缺乏惊奇之感的另一条出路。也许，你是在经历幻觉。也许，一个对抗你的阴谋已经就绪，如此豪华和精巧，包括了诸如伪造邮票和古籍、对你的行动随时监控、在旧金山到处植入邮递号角图案、贿赂图书馆员、雇用职业演员，而背后的一切只有皮尔斯·印维拉蒂知道，一切都从他的财产中拨款，或是太秘密，或是太复杂，即便你是联合遗嘱执行人，你缺乏法律观念的脑子也是明白不了的，复杂到了如此地步，以至于它应该不仅仅是个恶作剧，而应该有某种深意。也许，你是在幻想这样一种阴谋，假如是这样的话，你就是一个疯子，俄狄帕，货真价实的疯子。

如今，她望着他们，视他们为替代品。那平衡的四个人。她并不喜欢他们其中的任何一个，但希望她是精神有问题；希望就是这么一回事。那一夜她静坐了好几个小时，太过麻木以至于都没有喝酒，教自己在一片真空中呼吸。因为这一切，天哪，不过是虚无。无人能够帮助她。这个世界上没有任何人。他们都吃了药、疯了，他们或是可能的敌人，或是已经死了。

她牙齿里的旧填充物开始烦扰她。她会花整夜时间盯着被圣纳西索粉色光芒照亮的天花板。另外一些夜晚，她会吃了药连睡十八小时，醒来衰弱无力，几乎无法站立。在与那个成为遗产问题新顾问的快人快语的老人进行的会议上，她的注意力往往只能以几秒钟计，而她神经兮兮的笑比发言还多。持续五至十分钟的一阵阵恶心会随时发动袭击，导致她痛苦不堪后随即消失，就像它们从未发生。还有头疼、噩梦和痛经。有一天，她开车前往洛杉矶，从电话簿里随机挑了一个医生，去看她，告诉她自己觉得怀孕了。他们安排了测试。俄狄帕用格蕾丝·波兹的名字登记，没有去下一次约诊。

　　曾经非常腼腆的成吉思·科恩如今似乎每隔一天就能找到新收获——一本过时的扎姆斯泰因目录[1]中的一个条目，一位皇家集邮协会朋友的关于1923年在德累斯顿的一次拍卖名册中出现带弱音器的邮递号角的依稀记忆，一天纽约的另一位朋友给他发来的打字稿，这应该是著名的让·巴皮斯蒂·莫昂[2]主编的《集邮爱好者图书馆》1865年刊中一篇文章的翻译稿。此文读起来像是波兹的又一部古装戏，它讲述了法国大革命期间特里斯特罗阵营中的一次大分裂。根据新近发现并解密的劳尔·安托万·德·武济耶伯爵和图尔·塔西斯侯爵的日记记述，特里斯特罗的一部分人声称从未接受过神圣罗马帝国的终结，并视大革命为短暂的疯狂。他们感到同为贵族的责任，为帮助索恩和塔克西斯渡过难关，派出探子了解该家族是否有意接受补贴。这一行为严重分裂了特里斯特罗。在米兰举行的一次

1　瑞士出版的一种邮票目录。
2　19世纪比利时邮票研究家。

会议上，他们激辩了一周，终生的敌意被建立起来了，家族分裂了，血脉被分割了。最终，给予索恩和塔克西斯补贴的议案流产了。很多保守派视其为针对他们的千年判决，终止了与特里斯特罗的关系。于是，此文自鸣得意地下了结论，这一组织进入了历史性月食的半影区。从奥斯特里茨之战到1848年的困顿，特里斯特罗失去了几乎所有在过去支持他们的贵族的赞助，处于漂泊状态；如今，他们落魄到处理无政府主义者的邮件；只是做外围性的工作——在德国，在宿命悲惨的法兰克福国民议会；在布达佩斯的路障前，也许甚至在侏罗山的钟表匠们之中，让他们为 M.巴枯宁的到来做好准备。不过，到目前为止，绝大多数成员在1849—1850年期间逃到了美国，此刻无疑正在那里为那些希望熄灭大革命火焰的人们提供服务。

俄狄帕如今已没了一周前的那种激动，她把这篇文字给了埃莫瑞·波兹。"来自1849年反动事件的特里斯特罗难民们都到了美国，"他是这么认为的，"带着很高的期望。但是他们找到了什么？"他并不是真的想问——这只是他游戏的一部分，"找到了麻烦。"在1845年左右，美国政府进行了一次巨大的邮政改革，降低了价格，把最独立的邮路挤出了市场。到了70年代和80年代，任何想和政府竞争的独立投递公司都被立刻挤走了。在1849—1850年，任何移民来的特里斯特罗成员都想不到重拾留在欧洲的旧业意味着什么。

"所以他们干脆坚持下去，"波兹说，"以阴谋的方式。而其他移民来到美国是为了逃脱暴政，获得自由，在文化上获得接受，融入这个大染缸。南北战争开始时，他们作为自由派的大多数都报名为联邦而战。但特里斯特罗完全不是这样。他们所做的就是改换对手。到1861年，他们已经建立了良好的组织，不容易被镇压。当小马快递正在向沙漠、野人和响尾蛇发起挑战时，特里斯特罗正在为雇员进行苏语和阿萨巴斯卡语[1]的快速培训。他们的信使假扮为印第安人，向西溜达。他们每次都能抵达西海岸，没有摩擦，毫发无损。他们如今的整个重点转向了沉默、乔装、扮作对方假表忠诚。"

"那科恩的那张邮票怎么解释？我们等待着沉默的特里斯特罗帝国。"

"他们在年轻的时候更加自由些。后来，在联邦政府的镇压下，他们开始发行几乎可以乱真的邮票，但其实并不那么真。"

俄狄帕很清楚这类邮票。在为1893年哥伦布纪念博览会而发行的面值一毛五的暗绿色邮票（"哥伦布宣布他的发现"）上，在邮票右侧接收消息的三个信使的脸被微妙地调整过，表达着难以抑制的恐惧。1934年母亲节发行的面值三分的美国之母邮票上，惠斯勒[2]之母左下方的花朵被替换为捕蝇草、颠茄、毒漆树和俄狄帕从未见过的几种植物。在1947年为纪念终结了私营邮递的邮政大改革而发行的邮政百年邮票上，左下方一个小马快递骑手的脑袋以活人无法做到的骇人角度扭着。1954

1　两种北美洲印第安人的语言。
2　美国19世纪著名画家。

年常规发行的深紫色三分面值邮票上的自由女神脸上有一个微弱但咄咄逼人的微笑。1958年为布鲁塞尔博览会发行的邮票上包括了美国馆的鸟瞰图，图中微小的博览会游人中毫无疑问有一匹马和一个骑手的剪影。还有她第一次拜访时科恩给她看的那枚小马快递邮票，林肯时代的四分面值"美国资邮"，以及她在旧金山那个刺青水手的信上见到的那张邪恶的八分航空邮票。

"嗯，很有趣，"她说，"假如这篇文章讲的是真的话。"

"这个问题很容易查清。"波兹直接盯着她的眼睛。"你不妨去查查？"

牙疼更厉害了，她梦见脱离肉体的、那些病痛没有兴趣的声音，那些将会有事物从中走出的镜子的柔软微光，还有等待着她的一些空屋子。一般妇科医生查不出她怀上了什么胎。

有一天，科恩打来电话告诉她印维拉蒂邮集拍卖已经最终敲定时间。特里斯特罗的"假票"会作为第四十九批拍卖。"还有一件令人不安的事，玛斯小姐。这次来了一个新的注册投标者，我和公司里所有人都从没听说过他。这是从没发生过的事。"

"一个什么？"

科恩解释说，有一种叫作现场投标者，本人会参加拍卖，另一种叫作注册投标者，他们用邮件投标。这些标会放进拍卖公司一本特殊的册子里，名称由此而来。按照惯例，这些用"册子"投标的人，他们的身份是不会被公开的。

"那你怎么知道他是个陌生人？"

"事情会传开。他是个超级秘密的人——用一个代理人，C.莫里斯·施瑞夫特，一个非常值得尊敬的好人。莫里斯昨天联系了拍卖人，告诉他们他的客户想提前看看我们的假票，第四十九批。一般来说假如他们认识那个想看拍卖品的人的话，这是没问题的，只要他愿意支付所有邮资和保险，并且在二十四小时内将物品返还。但莫里斯把整件事搞得很神秘，他不愿透露客户的名字和一切信息。莫里斯只知道他是个圈外人。所以，作为一家保守的拍卖公司，他们表示歉意并拒绝了请求。"

"你是怎么想的？"俄狄帕说着，心里已经有数。

"我们这位神秘的投标者可能来自特里斯特罗，"科恩说，"他在拍卖目录中看见了这一批的描述，因此想保留特里斯特罗存在的证明。我想知道他们能出什么样的价。"

俄狄帕重返回声庭院，喝着波旁威士忌，直到太阳下山，天黑透了。然后，她出门在高速公路上熄着灯开了一会儿车，想看看会出什么事。但是天使在护佑她。午夜过后，她发现自己置身于圣纳西索一个荒凉陌生、没有灯光的小区里的一间电话亭中。她给旧金山的"希腊之道"打了一个叫号电话，向接电话的那个美妙声音描述了她曾经在那儿与之有过对话的那个有粉刺的傻乎乎的无名恋爱者，然后等待着，无法理解的泪水开始在眼中增加压力。半分钟的酒杯撞击，爆笑声，点唱机的音乐。然后他来接电话了。

"我是阿诺德·施纳布。"她说着，哽咽起来。

"我刚才在小青年们的房间里。"他说。"男人间满座了。"

她用不到一分钟的时间，把她所了解的特里斯特罗和发生在希拉瑞斯、马丘、梅兹格、德里布莱特和法罗皮安身上的事迅速告诉了他。"所以，你是，"她说，"我剩下的唯一了。我不知道你的名字，我也不想知道。但我必须知道是不是他们和你策划好，装作偶然和我相遇，告诉我你的关于邮递号角的故事。因为对你来说这可能只是一个恶作剧，但对我来说它在几个小时前不是了。我喝多了，然后在高速公路上开车。下次我可能会更乱来。看在上帝、人命或是你所尊重的一切的面子上，求求你，帮帮我。"

"阿诺德，"他说。电话那边是长长的一段酒吧噪声。

"已经结束了，"她说，"他们已经让我受够了。从现在开始我只会把一切做个了断。你自由了。被释放了。现在你可以告诉我了。"

"太晚了。"他说。

"对我来说？"

"对我来说。"在她还没来得及问他是何意之前，他已经挂断了。她的硬币用完了。在她能找到地方换来硬币之前，他肯定已经走了。她站在公用电话亭和租来的车之间，站在夜色中，带着已经完满的孤立，试图面对大海。但她已经迷失了方向。她在一只鞋的高跟上旋转了一圈，但也没找到山脉。就好像在她和其他的土地之间没有阻隔。在那一刻，圣纳西索消失了（这种消失是纯净的、即刻的、环绕的，发出轻敲挂在星星之间的一架不锈钢管钟的声音），放弃了对她来说最后一点残余的独特；它又变成了一个名字，被放回到了美利坚绵延的地壳和地幔上。皮尔斯·印维拉蒂是真的死了。

她沿着高速公路旁的一条铁道向前走去。不时会有岔道通进工厂区域。皮尔斯可能也拥有这些工厂。但即便他拥有整个圣纳西索，那又如何？圣纳西索是一个名字；一个我们的梦境以及有关梦境在我们堆积的日光中所化成的事物的气候报告中的一个小插曲，是更高级的大陆化的庄严中一道飑线或是飓风触地的简短时刻——群体受难和需求的风暴系统，富足的盛行风。真的连续性是存在的，圣纳西索并没有边界。还没有人知道该如何划界。她在几周前便致力于弄明白印维拉蒂留下的东西，从未想过这遗产便是美利坚。

但俄狄帕可能是他的女继承人；也许这已经在遗嘱中用密码书写，皮尔斯本人因为忙于他自己的一些草率的扩张、一些来访和一些清晰的指示，可能都不知情？虽然她绝不可能再把那个死人的形象召回，穿起衣服，摆好姿态，展开对话，回答问题，但她也不会失去对他努力找一条路走出死胡同以及他的努力所创造的这个谜的新的同情心。

虽然他从没和她谈过生意，她知道那是他永远算不清的那一部分，会超越她所能命名的任何小数点位置；她的爱，一如既往地和他对占据和更改地产，将新的天际线、个人对抗和增长率化为现实的需要格格不入。"保持增长，"他曾经告诉她，"那就是一切的秘密，保持增长。"当他面对鬼魂写下遗嘱时，一定知道增长将会如何停止。他可能只是为了骚扰一个曾经的情人而写下遗书，因为是如此愤世嫉俗地确信自己将要被抹掉，他可以放弃一切希望。痛苦可能确实就是那样深深地侵入了他。她只是不知道而已。他本人可能发现了特里斯特罗，把它秘密写进了遗嘱，把一切安排得恰好让她肯定能发现这个秘密。或者他甚至曾经试图逃脱死亡，作为一个妄想狂，也作为一个对付他爱过的人的纯粹阴谋。假如他那个没有幽默感的副总裁的脑袋里的各种可能性中，最后有那么一个密谋设计得如此复杂，以至于连黑暗天使都一时把握不住，那种怪癖是否过于强烈，以至于死亡都无法给予震慑？是否曾经有什么搞砸了，印维拉蒂只差那么一点就战胜了死亡？

但低头在煤渣路基和旧枕木上跌跌撞撞行走的她知道，还有另一个可能，那就是这一切都是真的。只是印维拉蒂死了，其他的并没有死。让我们假设，天哪，确实有那么一个特里斯特罗，她碰巧知道了它，假如旧金山及其产业和其他任何城镇没有本质不同的话，那么根据连续性，她可能会在她的共和国的任何地方找到特里斯特罗，通过一百个浅藏的入口、一百个异化，假如她寻找的话。她在钢轨间停留了片刻，抬起头像是在嗅探空气。仿佛是天空中为她闪现了一幅这些轨道如何交错的地图，她意识到了她强硬而扎实的存在，明白这些轨道为她周围庞大的夜晚镶了边，将它变得更加深沉，并验证了它的真身。假如她寻找的话，她此时能辨认出陈旧的普尔曼车厢[1]，当没了利润或是乘客消失之后，它们被抛弃在绿色的农田里，上面晾着衣服，连接的烟囱里懒散地冒着烟。这些擅自占"房"者是否通过特里斯特罗保持联系？他们是否协助了那三百年的家族废兴？他们如今肯定已经忘记了特里斯特罗究竟应该继承什么，就像俄狄帕有一天想必也会忘记一样。还剩下什么可以继承的？印维拉蒂遗嘱中编码的那个美利坚，是属于谁的？她想到了其他，那些停用的货车车厢，孩子们在车厢里做俯卧平板支撑，一边跟随母亲的便携式收音机里放出的随便什么歌唱节目歌唱，兴高采烈。她想到了在所有高速公路沿线广告牌后面扯起帆布搭建简易棚屋的擅自占房者，或是睡在废车——撞毁的普利茅斯[2]车身里，或者，胆大的话，在电线杆子上架线工人的帐篷里像毛毛虫般过夜，在电话线的网络中摇摆，生活在黄铜线和交流的世俗奇迹中而不会被闪烁着赶路的无聊电压打扰，整夜住在几千个未接听的电话留言中。她想起了她曾倾听过的流浪者们，美国人使用他们的语言是小心的、学究气的，就好像他们来自某个无形、但却和她所生活的令人振奋之处相重合的地方；还有走夜路的步行者，也不看路，突然出现在你的车灯前方——他们离任何城镇都太远，所以没有真的目的地。还有在那个死人前后的声音，在最黑暗和缓慢的时段随机打着的电话，在一千万种拨号可能性中无休止地搜索那个有

---

1 19世纪末至20世纪初美国铁路客运所使用的一种车厢。

2 美国克莱斯勒公司的汽车品牌。

魔力的接听人，她会在狂暴的转述、絮叨的咒骂，在下流、幻想和爱中展示出自己，她粗暴的重复终有一天会触发无可命名的那一幕，那个认可，那个话语。

有多少人分享了特里斯特罗的秘密，和它的流放？假如她在他们之中撒一点遗产给所有这些人，所有这些无名氏，那么作为分配第一笔付款，遗嘱认证法官会怎么想？妈呀，他肯定会在一微秒里开始骚扰她，取消她的遗嘱执行人授权，他们会叫嚷着她的名字，在整个橙县把她称为福利国家鼓吹者和左倾分子，把瓦普·韦斯福·库比切克和麦克明戈斯律师事务所的那个老头插进来作为分配剩余遗产的遗嘱执行人。宝贝，让准则、星座、影子受遗赠人都见鬼去吧。谁知道会怎样？可能她有一天会被逼得加入特里斯特罗，假如它存在的话，在它的暮年，在它的超然、它的等待中。最主要的是等待；如果不是等待另外一套可能性来替代那些已经调整了土地并在没有任何反应或呼叫的情况下把任何圣纳西索接受进它最柔软的肌体的东西，那么至少，起码是至少，等待着一对对称的选择来破解，来扭曲。她已经多次听说过把中产阶级排除在外的说法；他们是坏东西，应该避免；这怎么会发生在多样性机会曾经非常不错的这儿呢？因为现在感觉就像是在一台巨型数字计算机的矩阵中行走，0和1在头顶成双成对，像是对称的风铃在左右悬挂，在前方密密麻麻的，似乎无穷无尽。在象形文字般的街道后面，可能会是超然的意味，也可能只是土地。在迈尔斯、迪恩、塞尔日和莱昂纳德唱的歌曲中，也许有一些真理的神圣美丽的残片（正如马丘如今所相信的），也许只是一个力量频谱。纳粹徽章推销员特里梅因暂时没有遭受大屠杀，或者是一种不公，或者只是偶然；印维拉蒂湖底大兵的骨头之所以在那儿是因为对世界有意义的某个原因，或者是为了潜水员和吸烟者。1和0。一对对自主选择的伴侣们也是如此。在维斯帕黑文养老院，或者是和死亡天使有了一个保留了一定尊严的约定，或者只是死亡和每天为它而进行的乏味准备。在显然是和不是之间的另一种意义模式。俄狄帕或者是处在一个真正妄想狂的绕轨道运行的迷醉中，或者是一个真的特里斯特罗。因为在作为遗产的美利坚表面之后或者有一些特里斯特罗，或者那儿只有美利坚，而如果那儿只有美利坚，那么她继续下去并且保持相关性的唯一方式，是作为一个异类，未曾被开垦过，回到原初位置，变成某种妄想狂。

次日，她带着一无所有时所找到的勇气联系了C.莫里斯·施瑞夫特，打听他神秘的客户。

"他决定亲自参加拍卖。"这便是施瑞夫特所能告诉她的。"你可能会在现场碰见他。"她确实可能。

拍卖按时在一个周日午后举行了，地点是在纳西索可能是最老的建筑里，它建于二战前。俄狄帕独自早到了几分钟，在铺了闪亮的红木地板的冰冷大堂和蜡与纸的气息中遇见了成吉思·科恩，他看起来真的很尴尬。

"请别称之为利益冲突，"他认真地拖长声说，"有一些可爱的莫桑比克三角票，我真的难以抵抗。玛斯小姐，我能问问您是来投标的吗?"

"不,"俄狄帕说,"我只是个好管闲事的人。"

"我们很走运。洛伦·帕瑟林,西部最好的拍卖人,今天担任叫拍。"

"担任什么?"

"我们的说法是一个拍卖人'叫拍'一个买卖。"科恩说。

"你的裤扣开了。"俄狄帕低声说。她不确定当那个竞标者现身的时候她该怎么办。她只有某个含糊的主意,那就是把场面搞得乱到把警察招来,通过这种途径弄清那个人究竟是谁。她站在一片阳光下,在起落着的闪亮尘点中,想得到一丝温暖,但不确定她是否能得手。

"要开始了。"成吉思·科恩说着,伸过手来。拍卖间里的人们穿着黑色马海毛套装,长着苍白无情的脸。他们看她进来,每个人都想隐藏自己的想法。洛伦·帕瑟林在他的讲台前像木偶戏演员那样徘徊着,他双眼明亮,微笑显得熟练而冷酷。他盯着她,微笑着,似乎是在说,我很吃惊你真的来了。俄狄帕独自在房间后方坐下,看着一片后脖颈,试图猜测哪一个是她的目标,她的敌人,或许是她的证据。一位助理关闭了大堂窗户上的厚门,遮蔽了阳光。她听见锁撞上的声响;这一响的回声持续了片刻。帕瑟林展开双臂,做了一个貌似属于某种偏远文化的牧师的手势;也许属于一个正在下凡的天使。拍卖员清了清嗓子。俄狄帕向后坐定,等待着第四十九批的叫拍。

图书在版编目（CIP）数据

拍卖第四十九批 ／（美）托马斯·品钦
（Thomas Pynchon）著；胡凌云译. —南京：译林出版
社，2023.9
（品钦作品）
书名原文：The Crying of Lot 49
ISBN 978-7-5447-9752-8

Ⅰ.①拍… Ⅱ.①托… ②胡… Ⅲ.①长篇小说－美
国－现代 Ⅳ.①I712.45

中国国家版本馆CIP数据核字（2023）第 103888 号

The Crying of Lot 49　by Thomas Pynchon
Copyright © 1965, 1966, 1993, 1994 by Thomas Pynchon
This edition arranged with Melanie Jackson Agency, LLC
through Andrew Nurnberg Associates International Limited
Simplified Chinese edition copyright © 2023 by Yilin Press, Ltd
All rights reserved.

著作权合同登记号　图字：10-2014-311 号

拍卖第四十九批　［美国］托马斯·品钦／著　胡凌云／译

责任编辑　张　睿
装帧设计　胡　苨
校　　对　季林巧
责任印制　闻媛媛

原文出版　Harper Perennial, 1999
出版发行　译林出版社
地　　址　南京市湖南路 1 号 A 楼
邮　　箱　yilin@yilin.com
网　　址　www.yilin.com
市场热线　025-86633278
排　　版　南京展望文化发展有限公司
印　　刷　镇江恒华彩印包装有限责任公司
开　　本　850 毫米 ×1168 毫米 1/32
印　　张　5.875
插　　页　4
版　　次　2023 年 9 月第 1 版
印　　次　2023 年 9 月第 1 次印刷
书　　号　ISBN 978-7-5447-9752-8
定　　价　58.00 元